7

Author
佐々木さざめき

冒険者をクビになったので、錬金術師として出直します！

辺境開拓？よし、俺に任せとけ！

「クラフト君！　そこに！　正座！」
「はい！」
リーファン・ハマン

クラフト・
ウォーケン
エヴァ・
キャスパー

「先生先生先生先生！とんでもないことが――」

ジャビール
「貴様はノックというものを
知らんのかああ
ああああああ！」

「この日を迎えられたのも、領民だけでなく、ミズホ神国の民の力もありました。
ヴァン・ヴァイン

心より、皆さまに
感謝いたします！」
カイル・ガンダール・ベイルロード

「しばらく寝てろ。無限雪月花《インフィニティーブリザード》」
レイドック

冒険者をクビになったので、錬金術師として出直します！

辺境開拓？ よし、俺に任せとけ！

Boukensha wo kubi ni nattanode RENKINJUTSUSHI toshite Denaoshimasu!

7

Author 佐々木さざめき
Illustration あれっくす

目次!

忙しいときほど、トラブルが起きるよねって話……004
友達を手伝うのは、当然だよなって話……011
開拓は、土と水と石と魔物の戦いって話……020
自分の常識が、人とずれてたよねって話……027
新しいアイテムは、わくわくするよなって話……034
思ってたのと、違う使い方があるって話……042
危険物取り扱いは、ルール作りが大事だよねって話……049
成長は、一日にして成らずって話……057
問題って、勝手に大きくなるよなって話……064
部屋に入るとき、ノックは絶対だよねって話……072
暗躍は、遥か彼方でって話……081
時代の変化って、唐突に訪れるよなって話……090
人に教えるって、難しいよねって話……098
守るってのは、決意がいるよなって話……108
考え方は、場所によってそれぞれだよなって話……115
人の話は、ちゃんと聞いておいたほうがいいって話……122
戦争は、なにが起こるかわからないよなって話……129
ときには逃げることも、恥じゃないよなって話……138

冒険者をクビになったので、錬金術師として出直します！　辺境開拓？　よし、俺に任せとけ！　7

Boukensha wo kubi ni nattanode RENKINJUTSUSHI toshite Denaoshimasu!

人に語りたくない、過去ってあるよねって話　147
場所が違えば、考え方も違うよねって話　155
戦略家の考えなんて、わからんよなって話　163
戦争は、事前準備が大切だよねって話　170
勝敗は、始まる前に終わってるよなって話　178
反撃は、徹底的にって話　185
上司が無能だと、苦労するよなって話　192
戦局が変わるのは、裏切りだよなって話　198
決意があるから、成長するよねって話　205
頑張りは、まわりにも伝染するよなって話　214
最後の通達は、必要だよなって話　220
危険察知は、才能だよなって話　228
腕力が、全てを解決するよなって話　235
完全勝利は、目前だよなって話　243
悪役は、最後に登場するよなって話　251
危険がわかっていても、勝負所があるよなって話　259
仲間を信じれば、超えられない壁はないって話　269
本当の終わりは、想像外からやってくるよなって話　276

忙しいときほど、トラブルが起きるよねって話

俺の名前はクラフト・ウォーケン。

元冒険者で、元魔術師。

そして今は、生産ギルド所属の錬金術師なんぞやっている。

俺は凝った肩を回しながら、目の前に積み上がっているノートを見下ろした。

このノートは回顧録である。ちょうど六冊目が書き終わったところだ。

「さてと……」

棚から新しいノートを取り出し、七冊目の冒頭に頭を悩ませる。

六冊目の結びは「ミズホ神国の南にある小国家が、魔物のスタンピードによって、一夜にして滅んだという情報が、ミズホ中を駆け巡った」という内容だった。

当然、スタンピードを起こした魔物たちは、真っ直ぐにミズホ神国へとやって来るのだが、その前に、少しばかりマウガリア王国とミズホ神国の国交が樹立したあとのことを記しておこう。

しばらく無意味にペンを指で回していたが、俺はインクをつけて執筆を再開する。

最初はそう、こんな感じでどうだろう？

◆　◆　◆

「クラフト兄様、相談に乗ってください」

ミズホ神国と国交が開かれ、転移門が完成したことで、カイルがゴールデンドーンとミズホを忙しく行き来し始めた頃の話だ。

時間が取れたからと、カイルが夕食に誘ってくれた席でのことだ。

「おう。俺に出来ることならな」

ミズホ神国と本格的な貿易準備の真っ最中であり、俺の所属する生産ギルドも忙殺されるレベルで忙しい。だが、カイルの相談というのは、領主からの相談であり、可愛い弟分からのお願いでもある。手伝わない道理がない。

「なにがあった？」

「はい。実は湿地帯の開拓が予定より遅れています」

「なに？　あそこはリザードマンが気合いを入れて開拓を頑張ってる場所だろ？　手を抜いてるわけじゃないよな」

リザードマンたちはわけあって、故郷を失い、カイルの領地で新たな暮らしを始めている。それらを手伝った俺たちやカイルに対して、非常に感謝してくれている。身命を賭して湿地帯開発を請け負っていた彼らが、手を抜くはずもない。

そういえば最近は、シュルルのアプローチがなくて平和だったな。

シュルルは見た目も性格も可愛いが、あそこまでガツガツされると、逆に引いてしまうので、ちょっとばかり安心している。

……女慣れしてないとか言うな。

「もちろん、リザードマンたちは全員が一丸となって仕事をしてくれています。問題は魔物の量なんです」

「なんだって？　湿地帯のヌシは倒しただろ？」

忘れもしない、ドラゴン戦より苦戦した八ツ首ヒュドラを倒したのだ。まとまりのなくなった魔物など、ゴールデンドーンの冒険者や、スタミナポーションで鍛えたリザードマンにかなうとは思わないのだが。

「問題は湿地帯の広さですね。圧倒的な広さに対して、リザードマンの数も、冒険者の数も足りていません」

「……たしかに、湿地帯の全域はちょっとした領地が丸々収まるくらい広いんだったな」

「はい。リザードマンの戦士は、毎日の実戦と訓練もあり、日々精強になっているのですが、広大で見通しの悪い湿地帯での魔物退治は、かなり大変と報告が来ています」

「なるほど。それで退治の手伝いをしろってことか」

「いえ、そうではありません」

「ん？」

この流れだと、レイドックあたりと一緒に、ヒュドラを駆逐してこいって話になると思ったんだが。

「どうやら、湿地帯に出る魔物の種類が増えているそうなんです」

「種類が？」

今までヌシを筆頭に、ヒュドラが湿地帯を根城にしていたのだ。その多くが倒されたり逃げ出したりした現在、そこに他の魔物が入り込んでくること自体は、不思議でもなんでもない。

「それは普通のことじゃないのか？」

「少数であれば、その通りです」

「つまり、想定外の数が入り込んできている。そういうことか」

「そうです」

「それって結局、魔物を退治しろってことじゃないのか？」

「いえ、それがあまりにも魔物の動きが変なので、なにか理由があるのではとリザードマンたちは考えているようです。ですから、クラフト兄様にしてもらいたいのは調査です」

「いろんな魔物が集まってくる理由か……」

俺は少し首を傾げる。

そういうことなら生産ギルド員である俺より、カイル付きになったジャビール先生向きの仕事だろうと一瞬考えたが、魔物がわんさか出てくる危険地帯に先生を送り出すわけには行かないか。

先生は天才だが、戦闘はからっきしだしな。

前回はどこかで油断していたから、湿地帯まで連れて行ってしまったが、先生は安全な場所にいるべきだろう。

カイルが俺に頼む理由を理解し、俺は頷いた。

「わかった。レイドックたちは連れてっていいんだろ？」

「もちろんです。こちらから正式な依頼を冒険者ギルドに出しておきますね」

「……ジタローも連れてくか」

「……その方がいいかもしれませんね」

あいつ、仲間はずれにすると、拗ねるからな。

「リーファンはどうするかなぁ」

「そのあたりの調整は、兄様に一任します」

「わかった。考えとく」

話が一段落したとこで、カイルの横で食事をしていたマイナに気づく。じーっと俺に視線を投げていた。

「……」

マイナが仲間になりたそうな目で、こちらを見ている。

いや、前回より人が少ない状況で、湿地帯なんて危険地帯に連れてかないよ？

たしかに、ミズホ神国への道中と危険度は変わらんかもしれんが、あの時はしょうがなくだしな。

つまり、ここでマイナのワガママを聞いてしまうと、この先もずっと同じようなことが続いてしまうことになる。

ここはビシッと言わないとな！

「カイル！　なんとかしてくれ！」

……お前が言わんのかい！　ってツッコミがどっかから聞こえてきた気がする。

いいのだ。これが正しいのである。

俺の意図を正しく理解したカイルが、困ったような笑顔を妹に向けた。

「はぁ……マイナ。まさかとは思いますが、またこっそりついて行こうなんて考えてないよね？」

「うっ!?」

ギクリと身体を硬直させるマイナ。

「さすがに今度は許しませんよ」

「……うー」

「なにより、次はザイードお兄様にキツく叱られますからね」

「はぅ!?」

顔を青くするマイナ。

カイルが俺の方をちらりと見たあと、マイナに向き直る。

「いいかいマイナ。僕はもうエリクシルという家名をいただいている。血筋としては兄妹だけれど、ベイルロードとしてのつながりはないんだ」

「う？」

カイルが再び、俺に視線をちらりと向ける。

どうやら俺にも覚えておいて欲しいことらしい。

「だから、貴族の一員として、マイナの兄はフラッテンお兄様と、ザイードお兄様になるんだ」

「あ……」

「今、マイナの正式な扱いは、父上……ベイルロード辺境伯からの要請で、マイナを学園に通わせるために、血族である僕に預けている状態なんだよ。だから僕は保護者代理でしかないんだ」

「兄妹……違うの？」

「もちろん血のつながった兄妹だよ。ただ、戸籍上では、違うんだ」

「……」

なるほど、カイルはもうベイルロード一族じゃなくなったから、書類上では兄妹じゃないのか。

俺に改めて説明するってことは、理解しておいて欲しいことなんだな。

「つまり、簡単に言うとね、マイナ。君を叱る義務は僕よりもザイードお兄様にあるんだ」

「……う⁉」

「ザイードお兄様に叱られる覚悟があるなら……またおてんばをしてみたらどうだい？」

カイルがもの凄く良い笑みを浮かべたが、反対にマイナは顔を真っ青にして、頭を左右にぷるぷると振るのであった。

やっぱ、カイルは領主としての才能が凄いと思うよ。うん。

俺はカイルの底知れぬ実力を、身にしみて理解するのであった。

友達を手伝うのは、当然だよなって話

「揃ったな」

俺は冒険者ギルド近くの酒場に来ている。

湿地帯の魔物調査のメンバーと、ここで待ち合わせていたからだ。

連れて行くのは毎度おなじみ、レイドック、ソラル、エヴァ、カミーユ、マリリンの最強パーティー。

それとジタロー。無視するとうるさいので、誘ってみたら、当然のように参加することになった。フットワークが軽いのは、狩人だからだろうな。

ここまではいつもと同じだが、いつもと違うメンバーが二人。

「マスター。皆さまの荷物を集め終わりました」

「お、おう」

手際良く、全員の荷物を仕分けし、俺が空間収納に仕舞いやすいようにまとめてくれたのは、使い魔で人造魔物でゴーレムで竜牙兵のメイド、リュウコである。

改めて並べてみると、属性てんこ盛りだな。

今回はリーファンを連れて行かないので、代わりに料理係として連れて行くことにしたのだ。

もちろん、元冒険者である俺も、現役であるレイドックたちも最低限の料理は出来るが、男組の料理など、焼くか煮るかそのまま食べるの選択肢しかない。エヴァとソラルはそこそこ作れるらしいが、やはりリーファンの料理に口が慣れていると物足りない。

　そこでリュウコの登場である。

　メイドを野外で連れ歩くのには少々不安はあるが、小国家群を抜ける旅に同伴して、そつなくこなしていたので、大丈夫だと判断した。

　ジタローやエヴァにそのことを話したとき「なんの問題があるの？」といった不思議顔で賛同してくれた。

　みんなで守ればいいっていうことなんだろうな。

　カイルの専用荷馬車を借りたので、俺の愛馬、ブラックドラゴン号に繋いでやる。本来は四頭引きの馬車だが、前回の旅と違い、道なき道を進むわけじゃないから、ブラックドラゴン号だけで十分だ。並みの馬十頭よりパワフルだからな。

　護衛として、レイドックとソラル、ジタローとカミーユがペアになって、交代で馬車を併走するらしい。御者はリュウコだ。

　残りの普通体力組は馬車に乗車。

　この馬車の速度と併走でき、かつ持久力のあるメンバーが四人だけなので、このような配置になった。

　こうして俺たちは出立。

　ゴールデンドーンを出て、街道を爆走するのであった。

◆ ◆ ◆

数日で俺たちは、ザイード村改めリーファン町に到着する。

町を見渡すと、ザイードが治めていた頃の何十倍も発展していた。

ゴールデンドーンと結ぶ街道が整備されたことで、大半の商品がここで買えるようになったことが大きいのだろう。

宿の施設が整っていたのも、商人たちにとって訪れやすいポイントでもあるようだ。

なにより、王国の都市部が圧倒的に近い。……というより、ゴールデンドーンが王国の端すぎるんだよな。

急ピッチで作られた、錬金硬化岩の壁が町を守っていることもあり、訪れる商人は日増しに増えているらしい。

リーファン町になってから、加速度的に大きくなっているのは知っていたが、想像以上に発展していた。

ジタローが町をきょろきょろと見回す。

「すごい人っすねー」

「ああ。もはや地方中核都市の規模だな」

ひっきりなしに行き交う馬車と、商人。

今までゴールデンドーンを目指していた移民希望者も、リーファン町を見ると迷うようで、この町に永住を決める者も多いという。

「ゴールデンドーンまで来たら、また考えも変わるんだろうけどなぁ」

　俺の呟きに、エヴァが肩をすくめて答えた。

「これだけ発展してる町を見たら、普通はもっと発展してる都市があるなんて想像つきませんからね」

　すでにリーファン町自体が、ちょっとした要塞都市みたいになってるのだ。俺だって冒険者時代にここを訪れたら、それ以上など王都以外想像もできなかったろう。

「そりゃそうか」

「こちらの町も、カイル様のおかげで治安がいいですからね」

「いくら街道が整備されたとはいえ、ゴールデンドーンは遠いからなぁ」

「はい。よほど情報を持っていなければ、国の一番端まで冒険する気にはならないと思いますよ」

　ゴールデンドーンの噂は国中に広がっているはずだが、ほとんどの奴は実際の発展度を正確に想像しきれていないだろう。

　むしろ、リーファン町のレベルで、驚愕を追い越すほどだろうな。

　そこにレイドックが口を挟む。

「俺だったら迷わず進むけどな」

「お前らはな！」

冒険大好きで、武力に自信があるんだから、そりゃ迷わないだろうよ！

「レイドックしゃまぁ〜」

エヴァが壊れるから、やめておあげなさい。

「まったく……、休憩は十分だろ？　行くぞ！」

延々と漫才をやっててもしょうがないしな！

◆　◆　◆

まず、俺たちが向かったのは、湿地帯の外周沿いに建設中の開拓村だ。

完成したら、そこは開墾の拠点となる村であり、リザードマン村と橋渡しとしての役目を持つことになる。

リーファン町から大量の資材が運ばれているのだろう、開拓村まで舗装はされていないが、踏み固められた道が延びていたおかげで、特に苦労もなく到着した。

先行していたジタローが、手で額にひさしを作る。

「お。見えてきやしたぜ」

それまで爆走させていた馬車の速度を落とし、ゆっくりと村に近づいていくと、丸太で作られた柵に囲われた小さめの村が見えて来たので、全員馬車から降りて歩いていく。

俺たちの姿に気づいたのだろう、村を守っていた冒険者数人と、リザードマンがこちらに警戒を向けてきた。

だが、顔が判別出来る距離になると、冒険者たちも、リザードマンも一気に緊張を解く。

「おお！　レイドックたちか。応援に来てくれたのか？」

「クラフトにレイドック！　俺たちを救ってくれた戦士たちじゃないか！」

冒険者たちはレイドックたちに手を振り、リザードマンは笑みを浮かべた。

村に近づいてわかったが、建設規模の割に人が多い。だが、開拓民ではなく冒険者が大半を占めているらしい。

さらにリザードマンも結構な数がいる。

湿地帯のさらに奥にリザードマン村があるはずなので、本来であれば、この開拓村にここまでのリザードマンはいないはずなのだが。

レイドックが辺りを一瞥して、冒険者に話しかける。

「……そんなに魔物が増えたのか？」

「ああ。湿地帯のヌシを倒してから、ヒュドラの数は減ったんだが、しばらくしたら別の魔物が増えだしてな」

どうやらカイルの情報通りらしい。

「俺たちは割と初期からこの開拓村の護衛をやってたんだが、日に日に増える魔物に対処しきれなくなって、ギルドに応援要請を出したんだ」

村をざっと見渡すだけでも、かなり連続で戦闘が続いていたのだろうと判別できる程度には、周囲は荒れていた。

「すぐにカイル様が予算を出してくれたらしく、大量の冒険者が来てくれたおかげで、死者を出さずにすんだんだ。ほんとカイル様に感謝だぜ！」

俺たちを派遣する前に、かなり大規模な冒険者の増援をやっていたのか。さすがカイルだな。

「なるほど、それで開拓民より冒険者の方が多いのか」

「ああ。それまではリザードマンの戦士たちが来てくれたから耐えられたんだ」

原液のスタミナポーションをがぶ飲みして、身体を鍛え直したリザードマンの戦士たちが、艶のあるうろこで太陽光を反射させながら、胸を張っていた。

俺は近くのリザードマンに顔を向ける。

「あんたたちが来てくれたのは心強いが、リザードマン村の方は大丈夫なのか？」

「ああ。問題ない」

「ならいいんだけど、無理してないか？」

「ふ。相変わらず優しい男だな。安心しろ、最低限の戦士は残してある」

「そうか」

決意に満ちた瞳を見せられたら、信じるしかないな。

……たぶん、そういう眼だ。

リザード戦士と、男っぽい視線を交わし合っていると、奥から甲高い声が聞こえてくる。

「クーラーフートー様ぁぁああああ！」

声の方に振り向いたと同時に、どーんと身体全体を衝撃が襲う。

体当たりされて、押し倒されたのだと理解出来るまで、数秒かかった。

そして、美少女のどアップ。

「クラフト様！　クラフト様！　クラフト様！　クラフト様！」

身体が軋むほど抱きしめられ、なんか妙に柔らかいものを押しつけられる。

「ちょっ⁉」

「はぁ！　はぁ！　いいですよね⁉　いいですよね⁉」

爬虫類なのに、猛禽類の視線で俺を見下ろす謎の美少女。

いや、謎でもなんでもねぇ！

「シュルルぅ！　下りて、離して、解放してぇぇぇぇ！」

俺の間抜けな懇願が、湿地帯に響き渡るのであった。とほー。

▼開拓は、土と水と石と魔物の戦いって話

湿地の開拓村に到着したら、巨乳に押し倒された。

イマココ。

「……」

ちょっ⁉

なんかエヴァがもの凄く冷たい眼で俺を見下してんだけど⁉

それよりシュルルをどかして、俺を起こして！

「羨ましいっす！　羨ましいっす！」

「いいから助けろ！　お願いシュルル！　俺の上からどいて！」

「えー？　久々なのにー……」

俺の腹にまたがったまま、不満顔を見せるシュルル。

誰も助けてくれない、神は死んだのか⁉

俺が天を仰ごうとすると、誰かの影が横に立つ。

「……シュルル。失礼が過ぎる。下りなさい。それと言葉遣い」

呆れたような、ため息交じりの声に顔を向けると、そこには一際強そうなリザードマンが額に手を当てて立っていた。

「ジュララ！」

貴方が救世主か！

「よく来てくれたな、クラフト殿」

隆々とした筋肉とうろこに覆われた、二足歩行の爬虫類型亜人である、リザードマンのジュララがシュルルを押しのけて、俺を起こしてくれる。

シュルルの見た目はほとんど人間なのだが、ジュララの見た目はほとんどトカゲだ。トカゲって言うと不機嫌になるから言わないが。

とにかく、リザードマンの戦士で、シュルルの兄であるジュララに俺は助けられた。

惚れたぜ！　掘られてもいい！　いいわけねぇだろ！

脳内一人ボケ突っ込みを終わらせ、にこやかにジュララと向き合う。

「久しぶりだな。元気だったか？」

「ああ。体調的には最高だ」

漢同士の固い握手を交わしていると、シュルルがあいだに割り込んできた。

「ちょっとぉ！　クラフト様ぁ！　私も久しぶりですよぉ！」

「言葉遣い！」

「うひゃい！」

再びジュララに怒られ、シュルルがぴょんと一歩下がる。兄に睨まれようやく落ち着きを取り戻してくれた。

「早速だが、詳細を教えてくれ。カイルからある程度は聞いているんだが」

「わかった」

改めて説明を聞いたが、基本的にはカイルに聞いたとおりだった。

俺は頭の中で、最初から整理していく。

まず、リザードマン一族がゴールデンドーンへの移住を決めた。

とはいえ、沼地や湿地を好む種族なので、開墾途中の湿地帯に用心棒をかねた村作りを進める。

それはリザードマンたちが永住するためでもあるし、カイルに恩を返すためでもある。

もともとこの広大な湿地帯は、カイルがヒュドラ天国となっていた一帯を、巨大な稲作地域に開墾すると決めた土地である。

たくさんのトラブルもあったが、俺たちは湿地帯のヌシを倒し、湿地帯を手に入れた。

ヌシがいなくなったことで、ある程度の安全が確保出来た。はずだった。

しかし、湿地帯の開拓は想像より困難を極めることになる。

まず、その広さだ。地方の領地くらいの面積があることが、作業の障害となる。

これが草原や森ならば、もっと作業は楽だったのだが、湿地という地形がそれを阻む。

もっとも、湿地帯だからこそ、水田として開発できるわけだが。

俺はそこで、リーファンの言葉を思い出し、思考を一度切る。

「そういえば、リーファンが言ってたな。開拓は土と水と石と魔物の戦いだって」

俺の独り言をエヴァが拾う。

「それは、言い得て妙ですね。問題が起きるときは必ずそのどれかが関わっていました」

「たしかに、最低でもどれか一つは必ず問題に絡んでた」

「今まで全ての問題を解決してきたのですから、これからもなんとかなりますよ」

　俺はチラリとエヴァに視線を向ける。

　どうやら、彼女なりの激励らしいと気づき、俺はニヤリと笑ったが、エヴァは冷たい視線を向けたあと、顔を逸らしてしまった。

　……嫌われてるわけじゃないよね？

　俺は気を取り直して、思考を再開する。

　ゴールデンドーンにやってくる移住希望者はたくさんいるが、そのほとんどはリーファン町からゴールデンドーンでの仕事を望んでいる。

　そりゃ、主街道から遠く離れた湿地帯の村に来たがるやつは少ない。

　だから、開拓民がなかなか集まらないという問題も発生した。

　リザードマンの村と、湿地の開拓村は別の村である。

　なので、人間側の開拓村には、リザードマンの戦士と冒険者が派遣され、防衛することになった。

　それで安全を確保し、ようやく移住者も増え始めていたのだが、再び湿地帯に魔物が増え、応援を要請したのが、今回の顛末である。

「なるほど」

ジュララの説明と、カイルに見せてもらった報告書に齟齬はない。リザードマンたちを信用しているからこその確認作業である。

よく、信用しているなら確認などいらないだろう、とのたまう馬鹿がいるが、それは全く逆だ。信用しているからこそ、安心して調査も確認も出来るのだ。

どちらかというと、亜人差別をする人間に対する、信用証明を普段から集めておく印象である。

ゴールデンドーン……エリクシル領内において亜人差別はほとんどなくなっているが、忌避感があるものもまだいるし、新しく移住してくるものの中には、頭ごなしに亜人を差別するものもいるのだ。

今回の湿地帯開拓の遅れも、そのような者たちの攻撃材料になりかねないことから、カイルは俺たちを派遣している。

……まぁ、ゴールデンドーンに半年も暮らせば、そんな考え吹き飛ぶ奴が大半ではあるんだけどな。

そしてそのことを理解しているリザードマンたちは、開拓に全力を尽くしてくれている。それにもかかわらず、問題を解決し切れないのだから、いったいどれだけ大きな問題なのか。

「それで、魔物の量はどのくらい――」

ジュララに魔物の襲来頻度を聞こうとしたところで、視界の隅に砂埃が舞った。

「ちっ！　またか！」

ジュララが振り向きながら、槍を構える。

もちろん俺たちも同時に戦闘態勢だ。

「〝遠見〟」

俺とエヴァが同時に遠見の魔法を発動。

どうやら、森の中から、ひらけた湿地に、魔物の一団がのそりと出てきたようだ。

先ほど砂煙が上がったのは、巨大な魔物が、大木をへし折ったかららしい。

ジュララが舌打ちする。

「ちぃ！　また、アーマードベアの集団か！」

その声に、俺は思わず目を見張り、遠見の精度を上げ、しっかりと魔物の姿を捉える。

「なんだって？　王国にはほとんど生息してないって聞いてるが⁉」

ぱっと見、鎧を着込んだ巨大な熊がいた。

だが、間違っても野生動物の熊などではない。

額からは両手剣に似た鋭い角が生え、両手には、爪と言うには凶悪過ぎる、これまた剣のような鋭利な爪が生えている。

冒険者ギルドで昔聞いた話だと、サイクロプスよりもキマイラよりも強く、一匹でも絶望的だが、群れに見つかったら死は免れないらしい。

「ジュララの口ぶりだと、今回が初めてってわけじゃなさそうだな」

「ああ。アーマードベアだけじゃない。オーク、ゴブリン、オーガ、サイクロプス、ヒュドラにキマイラ。魔物の見本市の有様だ。湿地の守護を任されたというのに……不甲斐ない」

いくらリザードマンが優秀な戦士で、かつスタミナポーションの原液がぶ飲みで作業と戦闘と訓練をしているとはいえ、まともに相手になる戦力ではない。

「全然不甲斐なくなんてねーよ！　むしろよく少人数のリザードマンだけで二つの村を守ってくれた！」

「だが……」

表情を歪め、言葉を続けようとするジュララの肩を、レイドックがぽんと叩いた。

「あとは俺たちに任せとけ。とりあえずは、あいつらの掃除だな」

アーマードベアの群れは二十四匹ほどか。

これが熊なら、俺たち人間に気づけばむしろ逃げていくのだろうが、そこは魔物共通の反応。

「人間を見つけたら襲いかかってくる」の法則通り、こちらに気づくと、水しぶきを上げながら突進してきた。

自分の常識が、人とずれてたよねって話

たき火がパチパチと炎を上げ、鉄板の上からはじゅうじゅうという音と、肉の焼ける匂いが、俺たちの腹を直撃する。

「もう少々お待ちください」

メイドのリュウコが、手際よくアーマードベアを焼いていた。

「おいらにも活躍させてもらいたかったっすよ。レイドックさんー」

ジタローがちらちらと、カミーユとマリリンを横目で見ながらごちる。

どうやら二人に格好つけたかったらしいが、哀れアーマードベアの群れは、レイドックの大技一発で全滅した。

その様子に、今まで固まっていたジュララが、ようやく再起動する。

「い……いくらなんでも強くなりすぎだろう！」

「まったくだ。さすがにあいつらおかしいよな」

「……いや、クラフト殿も大概だぞ」

「気のせい」

「……」

信じてもらえない。悲しい。

あの腕っ節インチキ男と一緒にされたくはないぞ。

「マスター、焼き上がりました。順次焼いていくので皆さまもどうぞ」

「ひゃっほー！　ありがたくいただくっすよ！」

「少し癖がありますが、美味しいですね」

「開拓村の皆さまもどうぞぉ～」

「そりゃありがたいが……」

「食い切れないほどあるから遠慮はいらないぞ」

「こんな匂いの強いもの食べたら、魔物が寄ってくる！」

「俺たちがいるから大丈夫だ」

「アーマードベアの肉はこんなに美味かったのか？」

「下ごしらえが少々手間なので、知らなければ食さずに破棄した方が良いでしょう」

「それを知ってるこの女は何者なのだ？」

「少々って手間ではなかったよな？」

「ぶー！　私もそのくらい覚えて、クラフト様に作ってあげるんだから！」

「言葉遣い！」

とまぁ、こんな調子で、俺たちだけでなく、残っていた開拓村の作業員なんかと一緒に焼き肉パーリィーを始めたわけだが、その間にも魔物の群れがいくつも匂いに釣られてやってくる。

もちろんそんなものは、エヴァの魔法一発で吹っ飛んだり、カミーユの分身でずたずたにされたり、ジタローとソラルの矢で近づくことすらできず眉間に穴が空いて、特に問題はなかった。

「……お前たち、強くなりすぎだろう」

先ほど聞いたのと同じようなセリフがジュララから零れる。

俺はそれを無視して死骸の山を見つめた。

「この頻度で魔物に襲われたら、作業が進まないのも当たり前だな」

「我ながら情けないが、何か知恵を貸してくれないか」

「もちろんと言いたいが、どうすりゃいいか」

まだ肉を食べ続けている男性陣から一歩引いて、すでにデザートを食べ始めていた三姉妹のエヴァが、小首を傾げる。

「先ほどから来ていた魔物ですが、全て湿地の外側、森の中から現れていましたね」

「ああ。ヒュドラの主を倒したことで、湿地帯の魔物はほとんど逃げ出し、わずかにヒュドラが残るくらいだったからな」

「それなら、湿地帯を全て壁で囲ってしまえばいいのでは？」

「もちろんそれも並行作業でやるが、いくらなんでも広すぎる。小領地くらい広いんだ。リーファンの予想だと完成まで早くても数年かかる。それも魔物の脅威がなければの話だ」

「魔物を防ぐための壁を作るのに、魔物が邪魔ですか……」

「俺たちリザードマンが増えれば、もう少し無理ができるんだが」

「今はまだ、開拓村周辺だけ守ればいいが、開墾が始まれば、湿地帯全体が田んぼになるんだ。

その範囲全部を守れるわけがない」

うーんと呻《うめ》く俺たち。

そこでレイドックが気楽にフォークを振った。刺さった焼き肉が揺れる。

「なら、こうやって匂いとかでおびき寄せて、一網打尽にすりゃいい」

「アホ。だから何度も湿地帯の広さが問題だって言ってんだろ。近くの魔物だけ集めたところで……」

そこで俺の動きがピタリと止まる。いや、待てよ。匂いでおびき寄せるなら、かなりの広範囲をカバーできる。

現に今だって焼き肉の匂いに、相当離れた場所からも魔物がやって来ているのだ。湿地帯を囲うように設置すれば……。

ダメだ。だから湿地帯の広さが問題なんだ。何十箇所も作らなきゃならないから、結局リザードマンだけでは魔物を処理できない。これは冒険者を相当数雇っても無理だろう。

「……魔物をおびき寄せること自体は可能だと思う。今は焼き肉だけど、もっと強烈な匂いが出る薬を錬金すればいいだろう」

「ふむ？」

一人で答えが出ないなら、みんなの力を借りればいい。

「匂いで集めて、そこを冒険者やリザードマンが巡回すれば倒せそうだな」

「レイドック様、さすがに無理です。湿地帯が広すぎます。見回りくらいなら可能ですが、先ほどのような戦力の魔物を倒しながら巡回するのは現実的ではないでしょう」

レイドックの脳筋発言を、エヴァがやんわりとたしなめる。

そう。巡り回るくらいなら、可能なんだ。

問題は、魔物をかき集めてしまえば、それを殲滅するのに手間がかかる。下手に集まる分、リザードマンの戦士総出の作業になるだろう。

それが何十箇所も必要なのだから無理だ。

「罠じゃダメなんすか？」

ジタローが、ごく当たり前のような顔をする。

「うちら狩人が使う、トラバサミとか設置しとけばいいと思うんすけど」

「ジタローさん。先ほど出てきたような、アーマードベアなどを仕留める罠があれば教えてください」

「さすがにあれは無理っすね！」

「ですよね」

エヴァがダメ出しするが、俺の頭でパズルのピースが揃った気がした。

なんだ？

直感が、これなら行けると叫んでいる。

だが、答えが出ない。喉の奥に小骨が引っかかって取れないようなもどかしさ。

考えろ。俺は錬金術師だろ！

エヴァの言った、魔物は外からやって来る。

レイドックの言った、匂いで集める。

ジタローの言った、罠で仕留める。

「クラフトさん？」

そのときの俺は、まわりの声が聞こえていなかった。とにかく思考に没頭し、歩き回る。

そして無意識に、村はずれまで歩いていた。

そこでは二人の開拓民が、大きく掘られた穴に、魔物の死骸を捨てている最中だった。俺たちが来るより前に仕留めていた魔物のようだ。

「早く埋めないと、死骸が腐って凄い臭いになるぞ」

「うへぇ。数日前に捨てた死骸がすげぇ腐敗臭を放ってるぞ」

村人Aに対して、村人Bが答える。

「うわぁ。この中にだけは落ちないように気をつけないとな」

「ああ。落ちたら死ぬ。社会的に死ぬ。何日も臭いが取れないだろうからな」

かちり。

頭の中で、全てのピースがはまった音が聞こえた気がした。

「うおおお！　出来る！　出来るぞ！　あんたたちのおかげだ！」

俺は叫ぶなり、二人の開拓民に抱きつく。

「な!?　なんだ！　俺にそっちの趣味はないぞ!?」

「うわぁ！　いくら命の恩人でも、無理だぁ！」

「アホか！　俺だってそんな趣味はねぇよ！　とにかくあんたたちのおかげで方法が見えた！　礼を言うよ！」

　唖然とする二人を置いて、仲間たちに振り向いた。

「さて皆の衆、忙しくなるぞ？」

　全員が、ニヤリと笑みを返してくれる。

　……ここで切ってくれれば格好つくのに、ジタローだけが呆れた顔で。

「クラフトさん。そうやって大事なことを隠して引っ張るのを格好いいと思うの、古いと思うんすよねー。結局どうやるんすか？」

「うぉい！」

　いいじゃねーか！　ちょっとくらい格好つけたって！

　なんか急に、マントひるがえして振り向いたのが恥ずかしくなってきたじゃねーか！

「罠を作るんだよ！　それも、魔物をまとめて即死させる！」

　すると今度はジタローが眼を剥く。

「出来るんすか？　そんなこと？」

「やるから！　手伝え！」

「了解っす！」

　はぁー！　締まらねぇな！

周囲で採れる素材の収集は、リザードマンたちに任せた。

この辺りで集められない物に関しては、リーファン村経由で送ってもらう。アキンドー商会が張り切っているらしい。

さらに緊急ということで、ゴールデンドーンにも救援を頼んだ。

「これらの素材を集めれば、魔物を倒せる毒が作れるのだな？」

「そのはずだ。まずは作ってテストしてみないとな」

「わかった、こちらは任せてくれ。……少々やっかいな魔物の部位などもあるから、少し時間をもらいたい」

「もちろんだ」

リザードマンの戦士たちは、彼らの集落を守る最低限の人数を残して、森や湿地を駆け回り、薬草や鉱物や魔物の素材を集めることになった。

そのあいだ手薄になる湿地開拓村の防衛は、レイドックたちが引き受ける。

俺は村の空き家を借り、臨時の錬金部屋を設置した。

リュウコを連れてきたのは大正解だ。錬金釜と素材を、空間収納から取り出せば、あっという間にいつもの見慣れた配置で並べてくれる。

細かい素材を加工するための道具……例えばランビキやアルコールランプなどはないが、そのあたりは魔法でなんとでもなる。

「さて、やるか」

俺は紋章から流れる知識を使って、できるだけ現地の材料で作れるよう、錬金製法を確立するため、片っ端から代用錬金を試すことにした。

もちろん、黄昏の錬金術師の紋章でなくとも錬金が出来るようにも改変していかなければならない。今までこのレシピ変換作業はほとんどジャビール先生に任せてしまっていたが、そろそろ自分で出来るようになりたい。

「黒色紋章の錬金術師でも扱えるレシピと製法で、かつ魔力消費が常識に収まるように……」

今まで紋章の囁きと、魔力でごり押ししていた時と違い、悪戦苦闘の日々が始まる。

中間薬Ａの代用品を求め、錬金試薬Ａ、Ｂ、Ｃ、Ｄ、Ｅと作っては破棄し、別の試薬と混合し、失敗し、くじけそうになっては、仲間たちに励まされ、またチャレンジを繰り返す。

……というのを三日ほど繰り返した。

「なんか数年分の回想みたいっすよ?」

人の心を読むなジタロー。

とにかくそんな努力の末、錬金術師の紋章持ちなら、誰でも錬金出来る製法で、魔物毒が完成した。

そして、完成を見計らったように馬車でやって来たのは、もちろんリーファンだ。

「お待たせ、みんな！」

「待ってたぞ！」

「通信で頼まれた資材も持ってきたんだけど、今度はなにする気なの？　クラフト君」

「いつも通りの錬金だが？」

「つまり、また無茶をするんだね……はぁ」

ため息を吐くリーファン。ぬう。解せぬ。

「それは現物を見てから言ってくれ！　とりあえず、テスト用のタンクを二つ頼む！」

俺は大型の樽……タンクの仕様を記した紙を渡した。

「えっと、一つは大樽の素材を金属にしただけだけど……」

仕様を流し読みしていたリーファンの視線がこちらに上がる。

「もう一つの、完全気密に腐食耐性と高圧力耐性ってなにかな？」

にっこりと笑っているが、笑ってない。

なにを言っているかわからないと思うが、俺もわからない。

「あー。一応人間には無害にするつもりだけど、念のため……な？」

「クラフト君！　なにを作るのか！　今すぐ！　全部教えて！」

俺は無意識に正座して、これから錬金するものを丁寧に説明するのであった。

◆
◆
◆

次の日には、金属製のタンクが二機並んでいた。

さすがリーファン。鍛冶王アンドヴァリの紋章持ちだけのことはある。

「……うん。お試しってことで、全力で丈夫に作ったから、なにか起きても大丈夫だよ」

「信用なさ過ぎない？」

「調子に乗ってるときのクラフト君への信用はゼロだからね？」

「ぬう」

「緊急時には全バルブを一瞬で止められるようにしてあるから、これで実験してみようね」

「はい。感謝しております」

おかしい。鑑定もしてもらって、人間には無害って確認してもらったはずなのに、この厳重さはなんなんだろう。

「まぁいいや。それじゃ実験を始めるか。ジタロー。頼んでおいた大穴は掘っておいてくれたか？」

「もちろんっすよ。しっかり硬化岩で固めてもありやすぜ」

「助かる」

開拓村から見えないほどの距離に掘られた大穴。ちょっとした二階建ての家がすっぽり入るくらいと言えばわかってもらえるか。

そこを硬化岩で固めてあるので、見た目は巨大な風呂だな。

そこから二つの太いパイプが延び、ちょっとした櫓《やぐら》につながっている。

「よし、タンクは二つとも櫓の上に設置して、パイプと繋げてくれ」

「うん。了解だよ」

　リーファンが手際よくタンクを設置していく。

　……見た目お子様のリーファンが、身長の何倍ものタンクを持ち上げて歩くのは、相変わらず違和感の塊だな。

「クラフト君。なんか失礼なことを考えてないかな？」

「まったくもってリーファンの気のせいであります！　マム！」

　なんだろう？

　俺、一生リーファンの尻に敷かれる気がするんだが。

　ともかく、タンクが地面から少し高い位置に設置され、準備が完了する。

「さて、今からまず、毒の気体……ガスって言うんだが、霧のようなものを流して、この穴を満たす」

　人体に影響はないはずだが、念のため、全員にガスを吸わないよう注意する。

「この穴はガスを溜める……プールするからプールと呼ぶぞ」

　毎回言い方が変わると誤解されるかもなので、巨大風呂もどきに名前をつけた。

「よしリーファン。バルブを開けてくれ」

「うん。いくよ」

　タンクとパイプを繋ぐバルブが開かれると、プールの縁に設置されたパイプの出口から、薄紫の霧……ガスがもうもうと溢れ出てくる。

それを見て、エヴァが首をひねった。

「……毒って液体でしたよね？」

「ああ。空気に触れると気体になるんだ。バルブに仕掛けがあるんだが、そこに興味があるならリーファンに聞いてくれ」

「いえ、興味があるのは毒の方で、機械的な仕組みではないですから」

「そか。液体だと、大量に運べるんだ」

「補給の回数が減る。ということですね」

「ああ」

この実験が成功すれば、同じ設備を湿地帯を囲うようにいくつも設置する予定なので、補充回数を減らすのは重要なことなのだ。

「本来なら、この毒ガスは、無臭無色なんだが、わざと色と臭いをつけてある」

「この不快な臭いはわざとつけてたんですね」

「無害のはずだが、念のためな。それと、ガスがどのように動くか眼で見て欲しくてさ」

「動き？」

「ああ。このガスは空気より重いんだ。だから……」

俺がプールを指さすと、薄い紫の煙がゆっくり沈み、鈍い液体のように底から貯まっていく。

「煙は上にのぼっていくものだと思っていました……」

「俺も錬金術師になって、ジャビール先生の講義を受けるまではそう思ってたよ」

肩をすくめて答える。

プールいっぱいに魔物毒ガスが貯まったので、リーファンにバルブを閉めてもらう。

「それじゃあ次だ。もう一つのタンクを開けたら、全員隠れてくれ」

リーファンが隣のバルブを開くと、予定通り近くに作った、簡易シェルターに全員が避難する。

「今度のガスが、魔物を集めるやつっすよね？」

「ああ。この辺に住んでいるほとんどの魔物が美味しそうに思う強い香りだ。きっとすぐに……来たな」

言い終わらないうちに、アーマードベアの群れがやってくる。

あとで聞いた話だが、レイドックとソラルとジタローとカミーユは、魔物が近くに来ていたのに気づいていたらしい。

魔物たちが誘われるようにプールへと下りていき、うっすらと紫の霧に包まれた。

「さて、どうなるか……」

「どーせクラフトさんのことっすから、絶対やり過ぎになってるはずっす」

変なフラグを立ててんじゃねぇ！

錬金硬化岩で作られた、巨大プールに引き寄せられるアーマードベアの群れ。

中に満ちているのは泳ぐための水ではなく、魔物を呼び寄せる香りと、毒のガスだ。

アーマードベアたちが匂いの元を探して、プールの中を右往左往している様子を見て、エヴァが眉をひそめる。

「なにも起きないですね」

「おいら、魔物が中に入った瞬間、身体中から血が溢れながらのたうち回って死に絶えると思ってたっすよ！」

「なにそれ怖い！」

まぁ、そういう毒も作れないこともないが、人間にも影響が出る毒ばかりだったので除外した。なにより怖いじゃん。

それにいきなり死んだら、一緒にいる魔物にも警戒されるからな。

「慌てるな。まぁ、見てろよ」

俺たちは息を潜めて、そのまま慎重に様子を窺う。

アーマードベアたちは、匂いはすれども見つからない美味しい獲物を探して、プールの中をうろうろしている。

うっすら色のついた魔物毒にどっぷり浸かっているので、身体の隅々にまで浸透したことだろう。

次第にアーマードベアたちの動きが緩慢になり、一匹一匹と座り込み、そのまま眠り始める。

まだ起きている魔物も、単純に寝ているだけの仲間に興味を示さず、獲物を探し歩くが、すぐに他の仲間と同じように、次第に泥のような眠りへとついていく。

もちろん。それは永遠の眠りだ。

「死んだっすね」

「ああ」

「いいっすね！　おいらも狩りで使いたいっす！」

「待て待て。お前が狩るのは動物で、魔物じゃないだろ！」

「だめっすかー。おっと、それより今のうちに素材を剥いで来るっす」

ちなみにこれが動物だったら、かわいそうなんかの感情も出てくるが、人間を必ず敵に見る魔物相手だと、誰も慈悲の思いは湧かない。

魔物は倒すべき敵で、魔石で、素材としてしか認識できないのだ。

別にジタローが無慈悲というわけではないのは、はっきりさせておこう。

素材を集めるため、飛び出そうとするジタローを、慌てて手で制した。

「ストップだ！　まだ続きがあるから！」

「なんすか？」

ジタローを抑えて、そのまましばらく観察を続けると、突然、魔物の死体がドロリと溶け出す。

「うぇぇ⁉」

叫んだのはエヴァである。

魔物はそのまま肉が溶け、骨になるがそれもすぐに溶け、あっという間に魔石だけを残し、透明な水たまりになった。

さらにその水たまりは、沸騰したお湯のように、みるみると蒸発していく。

その場に残されたのは、キラリと輝く魔石だけだ。

しばし沈黙が支配する。

それを打ち破ったのは、ジタローの呟きだ。

「……なんか逆にエグくないっすか？」

「え⁉　いや、ゆっくり眠りにつくから、魔物の仲間にも警戒されないし、死骸の処理も必要ないだろ⁉　魔石以外の素材は取れないけど、管理が楽だと思って！」

言い訳する俺を、全員が半目で見つめていた。

リーファンとエヴァが深いため息を、鉛のように吐き出す。

「ふう。やっぱりクラフト君はクラフト君だよね」

「相変わらず、自分のしたことの大きさが理解出来ていないようですよ」

「ええ⁉　リザードマンたちの要求を必要十分に満たしていると抗議します！」

めっちゃ考えての結果なのに！

「満たしすぎなんだよ！　これ、下手したら魔石鉱山みたいな使い方も出来ちゃうから！」

リーファンに突っ込まれ、しばらく思考する。

「……あ」

魔物が無限湧きしているとしか思えない辺境で、この罠を仕掛けるってことは……。うん。なるほど。無限魔石収集機になっちゃうね。

「あはは」

「あははじゃないよーー！　クラフト君！　そこに！　正座！」

「はい！」

俺は光の速さで正座して頭を下げた。

違うんだ。そんなつもりはなかったんだ。

まさか、魔物ホイホイが、魔石ホイホイになるなんてよ！

その場にいる全員が、やれやれと頭を振ったのであった。

◆　◆　◆

俺はカイルに通信で相談し、対魔物毒ガスに関して、当面のあいだ、ジャビール先生以外に秘匿することとなった。

その上で、湿地帯の周辺に、魔物ホイホイを設置していくことに。

リーファンの指揮もあり、数日で湿地帯を囲うように、数十の魔物ホイホイが設置され、すぐさま稼働する。

「今までの魔物たちが嘘のように現れなくなったな」

「さすがクラフト様！　素敵！　だめ！　我慢できない！　やっぱり私の中に子だぬぇえええ⁉」

ジュララが、シュルルの頭に、ズガンと強烈なげんこつを落とした。

「いくらなんでもはしたない！　クラフト殿に迷惑をかけるな！　それと言葉遣い！」

「兄さんには、最高の勇者の子供を産みたいっていう気持ちがわかんないの⁉」

「クラフト殿の子が欲しい気持ちはわかる！　が！　だから無礼を働いていいという理屈はない！　クラフト殿の寵愛を受けたければ女として認めてもらうのが先だ！」

「まてまてまてまてーーーー！　そうじゃない！　そうじゃないだろジュララぁ！」

味方だと思っていたジュララの裏切りに、俺は泣きそうになる。

「お前は妹をたしなめなきゃダメだろぅ⁉」

「ああ。無理矢理はいかん。あくまで女として認めてもらうのだ」

「だああ！　この話はおしまい！　まだ続けるなら、もう毒ガス造んないからな！」

「ぅぐぅ……」

俺の宣言に、シュルルとジュララが黙り込む。少し強引だったが、不毛な会話をやめさせた。

シュルルは嫌いじゃないけど、こう、なんていうか、ちょっと野生的すぎるの！　気づいて！

見かねたレイドックが俺たちのあいだに、手をひらひらと振りながら割り込んでくれる。

「話が逸れてるぞ。魔物はもう湿地帯に入り込んでないんだな？」

「ああ、すまない。リザードマンの戦士全員で見回っているが、周囲の魔物は全て魔物ホイホイに吸い込まれていく。いくつかずっと見張っていたが、変わらない吸引力に脱帽しているところだ。それどころか、まだ湿地帯の中に残っていたヒュドラまでもが誘い出されているぞ」

　なんと。それは朗報だ。

「いずれ、魔物が好む匂いが警戒される日も来るかもしれないが、その頃には湿地帯を囲む壁も出来ているだろう。あとは定期的にガスの入れ替えと見回りをジュラたちリザードマンに頼むよ」

「うむ。本当に助かった。あとは任せてくれ。魔石は全てカイル様に送ろう」

「全部はさすがにもらいすぎだ、いくつかは――」

「なら、魔石でガスを購入していることにしてくれ。周囲にガスの原価を高いと思わせておけるし、一石二鳥ではないか？」

　おおう。

　めっちゃ有用な意見が出てきたぞ。割と脳筋だと思っていたので驚いた。すまん。心の中で謝罪しとこう。

「わかった。なら遠慮なくそうさせてもらうが、金とかに困ったらちゃんと言えよ」

「そのときは無理せずに相談させてもらおう」

　もしかして、村長になったことで、いろいろ自覚が出てきたからだろうか、凄い有能感が醸し出されてるよ！

頼りになるわ！

あとはシュルルを抑えといてくれれば完璧よ！

「よし。ガスの造り置きはしてあるし、今後しばらくはゴールデンドーンから輸送する手はずも整えた。それじゃあ俺たちは戻るか！」

「「「おう！！！」」」

こうして我が家に戻ったあと、再びミズホ神国との行き来が活発になるのであった。

危険物取り扱いは、ルール作りが大事だよねって話

最近、ゴールデンドーンの城の一角に、執務室が設置された。

それ自体はまったく不思議なことなどないんだが、俺はそこに出入りする者たちを見て、苦笑いするしかない。

何十人もの文官が出入りする執務室を横目に、俺は目的の部屋へと行く。

「おいヴァン。さすがに王都の文官を連れてくるのはやり過ぎじゃないか？」

そこはマウガリア王国国王、ヴァインデック・ミッドライツ・フォン・マウガリー陛下の専用執務室だった。

あまりに国王陛下が頻繁に来るので、カイルが用意したのである。

「遅かったなクラフト。湿地帯の方はどうなった？」

書類にサインしていたヴァインデック陛下……いや、ヴァンが顔を上げた。

「人の話を聞けよ……。少し手間取ったが問題は解決したぞ。それに関して、カイルとジャビール先生を交えて話し合いたい」

「わかった。二人とも呼び出せ。到着次第会議を始める」

即断即決するヴァンだが、彼の横に立っていた白髭の老人が額をおさえる。

「陛下。面会の約束は数日前に先触れを出し、相手の迷惑にならないようにしなければなりませ

ぬ。御身の立場を忘れてはなりませぬぞ」

ヴァンを諭しているのは、マウガリア王国宮廷錬金術師筆頭のバティスタ。白いヒゲがトレードマークの爺さんだ。毎日これだけ苦労しているから、目つきが悪くなったのだろうか。

「はん。カイルが俺とクラフトだけじゃなく、ジャビールまで呼んだ話し合いだぞ。政治的判断だけでなく、どうせそこの男がまたろくでもない物を作って、その運用管理に関する話し合いだ。通信や転移門に匹敵する可能性を考えたら、後日のんびりなぞ、やってられるか」

「それは……」

あの、バティスタ爺さん。そこで俺をじっとりと睨むのをやめてもらえますか？　さっきみたいに毅然と叱ろうよ！

「それに、クラフトから湿地帯の報告を聞く予定を会議にするだけだ。どうせカイルのことだから、すでに準備万端、呼び出されるのを待ってるはずだ」

「わかりました。誰か、エリクシル伯に伝令を！」

こうして俺たちは、会議室へと移動するのであった。

◆◆◆

「陛下。このたびは私の願いを聞き入れていただき、まことに恐悦至極に――」

「堅苦しい挨拶はいらん。それより本題に入れ」

カイルが恭しく挨拶を始めるが、ヴァンは鬱陶しそうに片手を振り、それを遮る。

この部屋にいるのは、こちら側がカイル、ジャビール先生、俺。あちら側はヴァン、バティスタ爺さん、それにザイードである。会議室に移動しているとき、廊下ですれ違ったのだが、そのままヴァンに連行されたのだ。

「よし、ザイードが進行しろ」

どうやら議長をさせるために誘拐してきたらしい。今のザイードは文官として、もの凄く忙しいはずなんだけどな。

「陛下。議長をするのは構いませんが、まず、議題を教えてくれませぬか」

「知らん。カイルに聞け」

吐き捨てるヴァンに、ザイードが軽く額をおさえる。

「エリクシル開拓伯。本日の議題を説明せよ」

「は。新たに開発された、錬金薬の取り扱いについて、ご説明させていただきたく存じます」

ヴァンが「錬金薬？」と小さく呟きながら、眉を片方だけ持ち上げた。

「説明はこちらの錬金術師、ジャビールからさせていただきます」

ザイードがジャビールに視線を向ける。

「よろしい。錬金術師ジャビール。全員に説明せよ」

「うむ。まずは資料を配るのじゃ」

説明を替わったジャビールが、用意していた資料を全員に配った。

一ページ目にはタイトルがでかでかと書かれている。

「一部の魔物に対する非常に有用な完全な毒霧の開発と運用」

ヴァン、バティスタ、ザイードは、その文字を目にして完全に固まった。

そんな三人の反応は予想していたのか、ジャビールは平然と説明を始めたのである。

「――という毒なのじゃ。一部の強個体には効かないのじゃ」

さして長い話ではなかったが、説明が終わると、ヴァンたち三人はぐったりとしていた。

ヴァンが気を取り直して顔を上げる。

「つまり、王国でもっとも見かける大多数の魔物に効く毒が完成し、さらにほとんどの錬金術師の紋章持ちが作れる製法も完成していると」

「そうなのじゃ。自分一人で一般製法を完成させたのは、師匠として嬉しいような、先に相談しろと叱るか迷うところではあるのじゃがな」

ジャビールが肩をすくめるが、ヴァンが指を立てる。

「ふん。結局最後には、その製法を求めることになったろう。手間が省けただけだ」

「そうではあるのじゃがなぁ」

ふにゃふにゃと机に突っ伏すジャビールに、カイルが小声で話しかけた。

「ジャビールさん。すでにこの錬金毒は、湿地帯で大規模運用が始まっています。今さら隠匿は不可能ですよ」

「それもわかってはいるのじゃがのぅ」

「なにより、これがなければ、湿地帯の開発は百年かかります」

「湿地帯全てを、魔物と戦いながら壁で囲うとなったら、そのくらいかかるのじゃ」

それまで額をおさえていたザイードが、襟を正す。

「皆さまお気づきだと思いますが、運用は難しいですがその効力は絶大。錬金毒に関しての指針を決めるべきではないでしょうか」

説明だけで会議がダレたので、すぐさま軌道修正してくるあたり、議長として完璧すぎるな。

ほんと、呪いがないと優秀なんだよ、ザイードは。

それまでジャビールと同じように、机に突っ伏していたヴァンが、顔を上げ、顔を引き締める。

「……王国全体に普及させる」

ヴァンの言葉に、バティスタが慌てた。

「さすがに性急すぎるでしょう」

「よく考えろバティスタ。湿地帯で運用するかぎり、早いか遅いかの違いはあっても、すぐに噂は広がる。平民は魔物に敏感だからな。それを簡単に倒せる毒があると知ったら、誰でも欲しがる」

「ふむ」

バティスタは髭をいじりながら、ヴァンの言葉を待つ。

「買い取り希望が殺到するくらいならいい。だが、間違いなく盗み出そうとする馬鹿が続出するぞ。末端価格が跳ね上がれば、さらに増える」

なるほど。

王国全土の住民が欲しがれば、その価値は天井知らずだろう。

実際、スタミナポーションや品質の高いヒールポーションなんかで同じ現象が起こったのだ。

ヴァンの予言は確実だろう。

「金目当ての犯罪者どもがいくら死のうと構わんが、正しい使い方もわからなければ、手に入れた方も危険になる。それは王国の住民が死ぬということだからな。正しい知識と共に広げねば、逆に混乱を招くぞ」

「このバティスタ。陛下の思慮に感服いたしましたぞ」

「……スタミナポーションで似たようなことが起きたからな。ゴールデンドーンから離れた場所では、普通のポーションをクラフト製として高値がつけられ売られていた。それを推し進めて考えてみただけだ」

「経験が身についている証拠でございましょう」

ヴァンが少しばかりほほを赤らめてそっぽを向いた。

バティスタ爺さんに褒められることが少ないのだろう。

「それでは、王国に広げる方向性で決まりということでよろしいか」

ザイードが冷静に皆に問いかけると、全員が賛成の意を示した。

その後、湿地帯の他に、バティスタとその弟子がいくつかの地域で運用試験をすることになり、製法も王国所属の錬金術師に配布されることが決まった。

試験で問題点を洗い出し、王都周辺から徐々に広げていくことになる。

また、今までの商品と違い、必ず運用に関して、専門の錬金術師の指導を必須とすることで、一般市場には流さないことが決まった。錬金毒を欲する村や町は、まず王に陳情書を出し、認められると王国所属の錬金術師が派遣され、そこで許可が出ると、錬金術師経由で錬金毒が渡される。

運用は錬金術師の指導に従わなければならず、使用量など厳密に管理される。

……という大筋が決まる。もちろん運用試験次第で変更になる可能性もあるが。

「問題は山積みだがな。まずもって、錬金術師の数が足りなさすぎるぞ」

「発現率が低い紋章なのじゃから、しょうがないのじゃ」

「全国民の紋章適性を義務化したいが……」

「それをやると、マナポーションの値段が跳ね上がるぞ？　主な原材料の魔石の値段もな」

俺が指摘すると、ヴァンはわかっていると片手を振った。

「……ですが、この魔物ホイホイが王国中に広まれば、魔石の値段は落ちるのではないでしょうか」

「卵が先か、ニワトリが先か。試験結果が良好なら、国家予算をひねり出してでも、紋章適性を広めるのが先かもしれんな」

「そんな膨大な予算をどこから持ってくるおつもりか」

「それが思いつかんから、頭を抱えている！」

バティスタ爺さんが首を横に振る。

「問題はそれだけではありますまい。一部の強個体は生き残るのです。それを処理する部隊運用も考えねばなりませんぞ」

「毒の効かなかった個体は、どれもかなりの強さだったらしいな？　クラフト」

「ああ。ヒュドラなら四つ首くらいまでなら確実に死ぬが、五つ首あたりになると、まれに生き残って暴れてた」

「それを倒せる部隊となると、かなり練度の高い部隊が必要だな」

「湿地帯は、スタミナポーションがぶ飲みで一気に鍛えたリザードマンの戦士がいるからなんとかなってるが、王国全土をカバーする精鋭って言われるとなぁ」

　ヴァンが腕を組んで、天井を見上げた。

「……それらの戦力も、紋章適性を義務化すれば底上げできるか」

「国民総紋章持ちになるってことか」

　それはそれで、恐ろしいな。

　しばらく黙っていたザイードが、静かに告げた。

「議題がずれています。今回の議題は完了しておりますから、その後の話は後日にするべきでしょう。これで会議を終了いたします」

　ほんと有能だよ、ザイード兄ちゃん。

成長は、一日にして成らずって話

湿地帯の錬金毒に関して、管理者は俺とジャビール先生の二人となった。

試験運用中ということと、俺がゴールデンドーンを離れることが多いからだ。

そもそも俺は生産ギルドの所属なので、カイルの専属錬金術師になったジャビール先生がいないと、問題が出てしまう。

「ふう。一段落したな」

俺はようやく、錬金毒に関する手続きの書類を全て書き上げた。

「おつかれ、クラフト君！」

「ぬう。終わったのなら、その書類を寄こすのじゃ」

一緒に書類仕事をしていたのは、もちろんリーファンとジャビール先生である。

防諜の観点から、俺たちは城の一室で仕事をしていた。

リーファンはタンクの設計やら運用方法の資料をまとめているし、ジャビール先生は開発者の俺と共同管理するための書類作りである。

この三人が丸一日ずっと一緒にいるのは久しぶりだ。

俺はジャビール先生に書類を渡して、全員分のお茶を煎れ直す。

「ありがとう、クラフト君」

俺は一段落付いたので、伸びをしながら茶を啜る。

「ヴァンも言ってたけど、錬金術師不足は致命的だなぁ」

「魔術師は出来ないのかな?」

「このレシピは無理だな。魔術師の紋章でも錬金可能な薬品もあるにはあるが、今回とは全く関係ないもんばっかりだ」

「そっかー。魔術師の紋章持ちなら、まだそれなりには数が確保出来ると思ったんだけど」

「そもそも工程が複雑になるし、効率も悪いから、意味ないしな」

錬金術師が攻撃魔法などを使えば、魔力消費が大きく増えたり、威力が下がったりと同じようなものだ。

すると、ジャビール先生が書類から顔を上げ、肩をすくめる。

「嘘か誠か、一部に伝わっている、錬金術師の里でも見つかったら、不足も補えるんじゃがのう」

「錬金術師の里ですか?」

「ま。古くからある噂話なのじゃ。そんなもんがあるのなら、とっくにどこかの国と合流して、もうちっと人類の暮らしは良くなってるじゃろうの」

先生が手をひらひらと振る。

「ありもしない里を当てにしてもしょうがないのじゃ。私たちはやれることを地道にやるのじゃよ。連綿と積み重ねることこそ、錬金術なのじゃよ」

深いな。

今までは紋章の知識でごり押ししてきたが、これからは積み重ねも大事だと感じる。今回、一人で改良錬金法を完成させたのも、積み重ねになるんだろうか？

「錬金術が求める到達点ってなんなんですかね？」

「根源にして原初の素材。第一質料……別名プリマ・マテリアの発見なのじゃ」

「……即答ですね」

「うむ。一は全なり、全は一なり。その根源こそ、我ら錬金術師が目指す究極の到達点なのじゃ。その全なる一であるはずの物質、プリマ・マテリアを探し出す……または理解することこそが、到達点なのじゃよ」

「さすがに手が届きませんねぇ」

「……」

冗談めかして、お手上げと肩の高さに手のひらを掲げるが、ジャビール先生は表情を険しくするのみで乗ってこない。

「先生？」

「ん？　ああ、なんでもないのじゃ。それより、私たちに手が届きそうな到達点と考えるなら、やはり、死者の復活薬じゃろうな」

「死者の復活？」

「うむ。未だに見つかっておらぬが、過去の大魔法文明時代には存在したらしいのじゃ。プリマ・マテリアにたどり着くためには、いずれ手が届くようにならねばならぬのじゃ」

俺はなるほどと頷いたが、なぜか紋章がうずいたような気がした。

あったら便利だと思い、少しばかりの期待を込めて、紋章に魔力を注ぎ、知識が引き出せないか試す。

すぐに紋章から知識が流れることはなかったが、なんというか独特の手応えを感じた。これは今までに何度か感じたことのある「俺自身の知識が足りない」状態だと思う。

なにか、大事な前提知識があれば、死者を復活させる薬の錬金法を知ることが出来そうだが確証はない。先生に相談してみようとも考えたが、確信を得てからの方がいいだろう。

俺が成長して、いずれ紋章に認められ、作れるようになればいいなどと、未来への抱負を抱いていると、部屋の扉がノックされた。

「レイドックだ。ジャビールさんがこっちにいるらしいが、入っていいか?」

俺とリーファンは顔を見合わせるも、許可を出す。

部屋に入ってきたのは、レイドックとソラルとエヴァの三人だった。

「よう。俺たちにじゃなくて、ジャビール先生に用事なのか?」

「ああ。前々から依頼されていた仕事がようやく終わったからな」

レイドックたちも椅子に座ると、先生に視線を投げる。

「報告はこの二人がいても問題ないと思って来ましたが、場所を移動しますか?」

「問題ないのじゃ。むしろこの部屋の方が安全じゃからの。例の件じゃろう?」

「ええ。時間が掛かって申し訳なかったです」

「かまわんのじゃ。もともと手空きの時間に探してもらうよう頼んだのはこちらなのじゃ」

「そう言ってもらえると助かります」

どうやら、なにかを探してもらっていたようだな。そして俺とリーファンの前に出せるということは、開拓に関係のあることだろう。

ジャビール先生が個人的に結婚相手を探していたとかではないはずだ。もしそうならそいつが先生に相応しいか、俺がテストしてやらねばなるまい。

「……クラフト君、なんかまた変なこと考えてない？」

「大事なことなら考えてるぞ？」

なぜか部屋にいる全員が揃って苦笑した。解せぬ。

「まぁいい。これは全員で共有すべきものだと、俺も思うしな」

レイドックがそう言いながら取り出したのは、禍々しくも大量の魔法陣が刻み込まれた、宝箱であった。

「なんだそりゃ？　ダンジョンで呪われた宝箱……トレジャーボックスでも見つけたのか？」

ボスのいるダンジョンの奥に必ず設置されている宝箱。理由は不明だが、人工的に作られたと思われるダンジョンには、貴重品が置かれていることが多いのだが、そのほとんどがこのように宝箱に入っている。

……俺が冒険者時代には、あまり見たことがなかったシロモノだな。

それにしても、冒険者連中やギルドで見せてもらった宝箱と比べて、やたらと禍々しい。

「逆じゃ。呪われておるのではなく、考え得るかぎりの防御や封印を施してあるのじゃ」

意味がよくわからなかったが、そこはレイドックが補足してくれた。

「この宝箱自体は、俺たちがダンジョンから持ち帰ったもんだ。ダンジョンから出土される宝箱は、それ自体も丈夫で価値があるのは知っての通りだ」

……うるせえ、その辺はよく知らねぇよ。

どうせ底辺冒険者だったからな！

「クラフト、全部表情に出てるぞ。悪気はなかったんだが」

「ふん。そのうちお前たちにくっついて、暇つぶしにダンジョン制覇してやるわ」

「クラフト君が暇になればいいねぇ」

恐ろしいことを言わないでくれよ、リーファン。

それより話が盛大に逸れてるぞ。

「とにかくこの丈夫な宝箱に、ジャビールさんがいろんな防衛手段を施してくれたんだよ」

なんのために。と聞くまでもないだろう。それだけ危険ななにかを、先生は取ってこさせたのだ。

だから聞くべきはこれだ。

「・・・なにを取ってきた？」

レイドックが宝箱に手を掛けると、エヴァが全員に防御魔法を掛け、ソラルが最大限の警戒を見せる。

ほんといったいなにを持ってきたんだよ、お前は。

緊張感溢れるなか、開いた宝箱をのぞき込むと、そこには。

「黒い……植物？」

スタンピード騒動のたび目撃されていた、謎の植物がそこに収められていた。

俺は黒い植物を前に頭をひねった。

「これってあれだよな。八ツ首ヒュドラの寝床周辺にいっぱいあったやつ」

「そうだ」

「なんでそんなのを探すのに、こんなに時間がかかったんだ？」

たしか、湿地帯はしばらくのあいだ、立ち入り禁止になっていた時期はあったはずだが、リザードマンが来てからは開放されている。

強い魔物が集まっていたので、普通の冒険者が中央部まで行くのは難しかったかもしれないが、こいつらが手こずるような状況ではなかったはずだ。

「あ、そうか。クラフト君には報告がいってなかったのか」

はっと気づいたリーファンが、あちゃーっと額をおさえる。

「湿地帯の立ち入り禁止を解除して、リザードマンたちを受け入れるとき、当然冒険者ギルドに魔物の間引きと調査をお願いしてたんだよ」

「それ、俺は聞いてないな」

「クラフト君が忙しい時期だったから、関係ない情報は渡してなかったんだ」

「そうだったのか」

どうやら、気遣ってもらっていたらしい。

「それでもちろん、あの一番怪しい黒の森を、レイドックさんたちが調べに行ったんだけど……」

レイドックが肩をすくめて首を横に振った。

「綺麗さっぱり、あの黒い植物だけが消えていたんだ」

「まじかよ」

「ああ。さすがに驚いたぜ」

「それでね、怪しいけど私たちじゃどうしようもないから、ジャビール先生に相談したんだけど、まずは実物が欲しいって話になって」

そりゃそうだ。

さすがにちょっと見ただけの謎植物なんて、調べようもないだろう。

「なるほど。それで現物が目の前にあると。よく見つかったな」

たしか、コカトリス騒動の時に見つけた黒の植物は、レイドックたちが焼き尽くしたはずなので、かなり苦労したのではなかろうか。

「ああ。冒険者の仕事で遠出するたび、ギルドや商人から情報を集めてな。魔物が大量発生しているっていう場所に行って、ようやく見つけた」

「さすがだな」

黒の植物そのものを探すんじゃなく、今までの経験から、魔物が大量に集まっている場所で見つかるかもと予想して動くあたり、凄腕である証明だろう。

エヴァあたりの推察が活躍してそうだな。

「さて、この件で問題が発生した。カイル様への報告はお前たちに任せる」

「なにがあった？」

「俺たちが魔物のたまり場で見つけた黒い植物は、たいした量がなかった。これを食べていた魔物は通常よりかなり強化されていたが、まぁ俺たちの敵じゃなかったな。ヒュドラの主には到底及ばない」

「食べていた量と、強さが比例するだけなんじゃないか？　それが問題とは思えないが」

「違う。問題は、魔物を殲滅して、ジャビールさんから預かっていたいろんな道具を使って、黒い植物を採取したあとに起きた」

レイドックが、宝箱にしまわれている植物に目を向ける。

「まず、箱に入るだけの量を採取し、俺たちはいったんギルドに戻って報告した。そのあとさらなる採取のため、別の冒険者も引き連れて現地に戻ったんだが……」

「まさか」

俺は湿地帯の話を思い出し、思わず立ち上がった。

「ああ。そのまさかだ。まだ残っていたはずの黒い植物は、跡形もなく消えていた」

「まじかよ」

全員が黙り込む。

当然だ。あまりにも間が悪すぎる。それこそ人為的な関与を疑ってしまうほどに。

「……今は深読みしてもしかたないのじゃ。まずは調べることから始めるのじゃ」

「そうですね」

俺はひょいと黒の植物を手に取る。

「おい！」

「なにをしとるのじゃ!?」

「大丈夫ですよ。ヒュドラ騒動の時に、森の奥地はこの黒いやつで覆われてたじゃないですか。なんか起こるなら、俺たち全員とっくに変になってますって」

あのときに割と触ってたりしたので、いきなり凶暴化とかはしないと思う。

「それにしてもじゃの、もうちょっと慎重にやれんもんかの」

「この場にレイドックと先生がいなかったら、さすがにやりませんって。それよりも〝鑑定〟っと」

やはり、鑑定するなら手に取った状態が一番正確だからな。先生にやらせるわけにもいかないから、最終的に俺が鑑定することになっていただろう。時間を節約しただけのことさ！

鑑定に少し時間が掛かる。いつものようにぽんと頭に浮かぶわけじゃなく、滲むようにじわじわと広がる感じだ。

今までにない手応えに、額から汗が流れ落ちる。

「……おいクラフト。なんか言え」

「うむ。早く教えるのじゃ」

どうにもまとまりのない、壊れた情報の中から、なんとか1つの単語だけを拾い上げられた。

「変質した……世界樹の……一部？」

「なっ⁉」

叫んだのはジャビール先生だった。

「せ、世界樹じゃと⁉　遥か太古に世界の中央に屹立していたという、あのなのじゃ⁉」

エヴァも目を丸くして叫ぶ。

「世界樹ですって⁉」

「すんません。なんか鑑定の魔法が上手く働かなくて、その単語しかわからないんです」

「ええい！　貸すのじゃ！」

「あっ！」

ジャビール先生が俺の手から黒の植物をひったくり、鑑定魔法を使う。

俺の用心が意味ないじゃん！

……まぁ、大丈夫とは思うけどね。たぶん。

「ぬう……残念ながら私には鑑定不能なのじゃ。今までにない妙な手応えじゃったから、貴様の妙な鑑定結果も理解できるのじゃが」

エヴァが額をおさえる。

「はあ……聞かなかったことにしたいわ」

「まぁ、こいつは咄嗟にウソや気の利いた情報操作なんてできませんよ」

「クラフト君だもんねぇ……」

「褒められてはないよな⁉」

たしかに、こんな重大な単語を、ポロッと零したのはどうかと思うが、レイドックたちも先生もリーファンも信用してるからだよ！

「ふーむ。この顔は私たちだから大丈夫と、自己弁護している顔なのじゃ」

「俺たちが心配してるのは、第三者がいるときもやらかしそうだからだぞ」

「クラフトは昔からそういうところあるよね」

「貴方はもう少し、魔術師……いえ、錬金術師としての自覚を持つべきです」

「クラフト君は相変わらず過ぎるよ」

「う……、気をつけます」

まったくもって反論できないので、俺は素直に注意することを約束する。

「それにしても世界樹……本当に存在したんじゃの」

レイドックが首を傾げた。

「冒険者なんで、単語くらいは聞いたことはあるが、実際どんなもんなんです？」

「ふむ。では軽く講義するのじゃ」

ジャビール先生が指をピッと立てた。

「まず、一般的に広まっている定説なのじゃが、世界のどこかに天を衝くような巨大な大木があり、その木は膨大な魔力を保持し、その葉は万病に効く……というのが有名かの」

「そうですね。俺が先輩冒険者なんかに聞いたのは、だいたいそんな感じです」

「じゃが、私はこれに疑問を感じておるのじゃ」

首を横に振る先生に、エヴァが再び目を丸くする。

「知っての通り、人類は一度滅びかけておるからの、それ以前の資料は極端に少ないのじゃが……、それらの断片を見るかぎり、とても世界樹が一つだったとは思えんのじゃ」

「根拠はあるのですか？」

先生の仮説に、エヴァが食いつく。やっぱ魔導師って生き物はこういう話が好きみたいだ。

「根拠と言うほどではない。じゃが、出土する資料を読み解くに、筆者の近くに世界樹が存在しているとしか思えん記述が多いのじゃ。じゃが、世界樹の記載のある資料は、距離が離れたさまざまな土地から見つかるのじゃ」

「それだけでは確定できないと思うのですが」

「うむ。同じ地域で書かれた資料が分散していただけ。そう考える方が自然かもしれん。じゃが……」

そこで先生は言い淀む。話を続けるか悩んでいる感じだ。

だが、エヴァの真剣な視線を受け、言葉を続ける。

「言葉というのは、地域性がある。ちょっとした方言のようなもんじゃ。出土した場所ごとに、その類似性を感じておる。じゃから出土した土地で書かれた資料である。……と私は考えておるのじゃ」

「……今度その資料を見せてもらうことは出来ませんか？」

「それはバティスタ殿に頼むのじゃな。気に入られればマウガリア王国の所有する物は見られるかもしれん。冒険者ギルドもいくつか保有しているはずじゃから、そっちにも当たってみると良いのじゃ」

先生がマウガリア王国宮廷錬金術師筆頭のバティスタ爺さんの名前を出した。つまり資料は国の所有物か。むしろそれらを閲覧している先生が凄い。

「わかりました」

「ま、バティスタ殿には私からも口添えくらいはしておこう」

「それは助かります。ありがとうございます」

「うむ。それより……」

全員が黒の植物……変質した世界樹を睨んだあと、俺に視線を向けた。

「どうすりゃいいですかね？」

「困りました」

「この男が絡むと、なぜ問題がでかくなるのか……」

そして、全員が揃ってため息を吐いた。

え⁉

俺のせいじゃないよね⁉

部屋に入るとき、ノックは絶対だよねって話

俺は全員にジト目を向けられていたが、先生がもう一度ふかーくため息を吐き出す。

「まあ、この件に関しては他言無用じゃ。カイル様と国王陛下への報告はリーファンに任せるのじゃ」

「うん。任されたよ」

リーファンがガッツポーズで答える。

「引き続き、冒険者ギルドには『黒い植物』の採取と調査をお願いするのじゃ」

「伝えておきます」

レイドックが軽く頷いて請け負う。

「しばらくは私が徹底的に調べるので、クラフト。仕事を回さんようにの」

「はい！　……ってええ⁉」

それはつまり、仕事量が激増するってことじゃ⁉

「任せたのじゃ、愛弟子よ」

その言い方はずるいですよ、先生！

「うう……頑張ります」

「ああそうじゃ、お主も時間を見つけて研究してみるのじゃ」

ぽんと黒い植物を手渡された。

「忙しくて死にますよ⁉」

「研究は錬金術師の本分なのじゃ」

「それはわかりますけどね⁉」

カイル付きとなった先生の協力があってこそ、ゴールデンドーンが回っていると言っても過言ではない。

またあの地獄のような忙しさが戻ってくると⁉

「苦労は若いうちにしておくもんなのじゃ」

「見た目は先生の方が若いですから！」

「……なんぞ言うたのじゃ？」

「いえ！　なんでもありません！　誠心誠意、研究に邁進《まいしん》いたします！」

ぎゃあああ！

余計なことを口走ってしまったぁあああ！

これはもう、覚悟するしかない。

俺がうなだれると、了承と取ったのか、先生が腕を組んだ。

「……ふん。頑張るのじゃぞ」

こうして俺たちは解散することになる。

全員が部屋を出ようとしたのだが、エヴァがぶつぶつとなにかを呟いて動かない。

会議に飽きて呆けてるのかと思い、終わったぞと声を掛けようと近づいたら、彼女のつぶやきの一部を耳が拾ってしまった。

「おい？」

「世界樹の……謎？　まさかこれが私たちを世界中に分散させている理由？」

俺がエヴァの肩に手を置くと、びくりと震える。

「あ、ごめんなさい。ちょっとぼーっとしてたわ」

「大丈夫か？」

「ええ。気にしないで」

そう言ってエヴァはさっと立ち上がり、扉の前で待っていたレイドックたちの下へ移動しようとする。

「なあ、なにか困ったことがあったら相談しろよ！」

「え？」

エヴァが驚きながら振り向いた。

「貴方には関係ないでしょ？」

「俺はパーティーじゃないが、仲間だろ？」

仲間の悩みは、俺の悩みだ。当然のことを言ったつもりだが、エヴァはさらに目を丸くする。

「……そうね。気が向いたら、相談するかもね」

「遠慮はいらないぜ、俺たちの仲だろ？」

「ちょっ⁉　いったいどういう仲だっていうのよ⁉」

「え？　だから、仲間……」

「まったく！　貴方は一度くらいで調子に乗りすぎよ！　あれは！　ただの食事なんですからね！」

食事？

なにを言ってるんだ？　冒険途中の野営の食事のこと？

俺がなんの話か聞こうとしたところで、足に軽い衝撃を感じた。

見下ろすと、いつからいたのか、マイナが俺の足を蹴りまくっている。

「……！　……！」

「え？　おい、マイナ？」

「本当に貴様という男は……」

こちらもいつの間にかマイナと一緒にいたペルシアが、額に手を当てて呆れた視線をこちらに向けていた。

「え⁉　え⁉　なになに⁉　どういうこと⁉」

なぜかマイナは、まなじりを上げ、怒っているらしい。延々と痛くない蹴りが続いている。

マジでなんで⁉

ほんと解せぬ……。

気がついたらエヴァたちはいなくなっていた。

待って！　仲間だろ⁉　助けて！

俺の心の叫びは、誰にも届かなかったとだけ、明記しておこう。

◆　◆　◆

仕事量が激増するなか、俺は先生に厳命された黒い植物の研究を開始する。

小さく切り出した木片を、さまざまな試薬に浸したり、何度も鑑定魔法を掛けたりだ。

ほとんどは無駄に終わるのだが、それでも多少はわかることもある。例えば普通の植物と同じように燃えるとか、色は黒いが、炭化しているわけではない。とかである。

そんな風に少しずつだが、黒い植物の理解度が上がったとき、唐突に紋章の知識が溢れた。

紋章が囁いた、驚愕の事実に、俺は震えるしかなかった。

「冗談だろ？」

変質した世界樹だからこそ、紋章が教えてくれたのだろう。

俺は悩みに悩み抜いた上、カイルには知らせず、ジャビール先生に相談することに決めた。

先生の部屋は、俺の屋敷の一室である。

ゴールデンドーンへ移住するにあたり、余りまくっている部屋に住んでもらうことになったからだ。また、俺の屋敷には二対の錬金部屋もあったことが決め手になった。

そんなわけで、俺は先生の部屋に飛び込む。

「先生先生先生！　とんでもないことが――」

バーンと扉を開いた先に、先生はいた。

パンツ一丁で。

「……」

「……」

時間が止まる。

「あー。えっと……」

「き……き……」

きゃーって叫ぶかな?

そういう可愛いところ、ちょっと見てみたいかも。

「貴様はノックというものを知らんのかああああああああああ!」

「すいません! ごめんなさい! 申し訳ありませんっっっ!」

「謝罪よりも早く部屋を出て行くのじゃあああああああああ!」

俺は光の速さで部屋を飛び出した。

……。

…………。

……………………。

「失敗しちゃった。てへ★」

「てへ★　ではないわぁあああああああ!」

先生の怒りが収まるのは、深夜まで掛かるのであった。

◆　◆　◆

俺は今、先生の部屋で正座をしている。石の床に。

その、せめて絨毯の上で……いえ、なんでもありません。はい。

椅子に座った先生が、もの凄いジト目で俺を見下ろしていた。

「……貴様には錬金術師としての知識以前に、常識を教えねばならんのじゃな」

「あの、えっと、ほんとすいませんでした」

正座から、何度目かもわからない土下座に移行。

ほんと、何時間謝り続けているのか、感覚が完全に麻痺していた。足も麻痺しているが。

「はあ……まったく。この落とし前はいずれつけるとしてなのじゃ」

まだ怒り足りませんか⁉

心の中で叫んだはずなのに、なぜか先生にジロリと睨まれた。

「な、なんでも言ってください」

「考えておくのじゃ。それより、なにが大変なのじゃ？」

どうやらやっと話を聞いてもらえるらしい。

俺はほっと胸をなで下ろす。

「えっとですね、黒い植物の研究をしていたんですが――」

「なんぞ判明したのか⁉」

「あ、いえ、あれについてわかったわけじゃないんですが、紋章の囁きがあって、新しい錬金薬の知識を得ました」

「ふむ？」

先生が無言で先を促す。

「本来ならカイルに伝えるべきなんでしょうが、ものがものなんで、先に相談したくて」

「なんじゃ、ずいぶん焦らすの。いったいなにを作れるようになったのじゃ？」

「それが……」

俺は部屋の中を見回す。

カイル邸の隣にあることで、俺の家もセキュリティーは高いのだが、それでも用心してしまう。

先生も俺の態度で、重要度を理解したようだ。立ち上がって全ての窓のカーテンを閉める。

「材料が足りないんで、今すぐ作れるわけじゃないんですが……」

「早く言わんか」

どこで手に入るかもわからない、超希少な材料が必要だから、今は作れないのだが、もし手に入ってしまったらと思うと、想像するだけで恐ろしい。

「俺が錬金出来るようになったのは……」

喉が震える。

「ユグドラシル＝ソーマ。……蘇生薬です」

先生がひっくり返って気絶した。

◆　◆　◆

俺はふうと息を吐き出して、七冊目の回顧録への記入を止める。まだ七冊目は埋まっていない。

ここまでは時間軸を遡っての話だったが、ここからは六冊目の続きとなる。

そう。「ミズホ神国の南にある小国家が、魔物のスタンピードによって、一夜にして滅んだという情報が、ミズホ中を駆け巡った」の続きだ。

さて、お待たせしたな。ここからはミズホ神国への魔物侵攻からの続きとなる。

この日から、世界情勢が大きく変わっていくなど、このときの俺には想像すらつかないのであった。

暗躍は、遥か彼方でって話

その部屋は、暗闇に包まれていた。

分厚い石壁で囲われているにもかかわらず、窓一つない。だから部屋中に淀んだ空気が充満していた。

牢獄と見間違えそうになるが、不釣り合いなほど豪奢なマホガニー製のテーブルとチェアが鎮座しており、ここが高貴な人のための部屋だと主張している。

そして、繊細な彫刻の施された家具に相応しい美女が座っていた。

その美女の名は、ベラ・ベイルロードという。いや、すでにベイルロード家からは外されているため、ただのベラになっていた。

ベラはカイルの父であるオルトロス・ガンダール・フォン・ベイルロードの妻であったが、義理の息子と娘であるカイルとマイナ、それに実の息子のザイードに呪いを掛けるという、許されざる犯罪を犯し、指名手配されていたが、見事に国外逃亡に成功し、現在は実家であるバルターク公爵家に出戻っている。

ベラは齢48だが、その見た目は20代後半にしか見えない。オルトロスの長男フラッテンと同じく、若返り薬を常用していたと噂されていた。

そんな彼女の見た目は魔女と呼ぶべき妖艶さを醸し出している。

部屋にはベラ一人。彼女はゆっくりと扇子を口元に当てた。

「……カイル。本当に邪魔な子」

一度扇子を開いて、パチンと閉じる。

「本当なら、ザイードにベイルロードを継がせ、安全に進軍する予定だったというのに」

パチン、パチンと扇子が何度も音を立てた。

「順番が狂いましたが、あの邪魔な小国家群……その盟主国となっているミズホ神国を先に潰してしまいましょう」

バチン！　と一際大きく、扇子を閉じると、ベラしかいないはずの部屋に、男の声が響いた。

「それしかねぇな」

だが、ベラは驚くでもなく、当たり前のように会話を続ける。

「準備は？」

「問題ねぇよ。それよりあんたは？」

「お父様の洗脳は終了しました。皇帝も今日中におさえますので、すぐに勅令を出させます」

「ほんとに大丈夫なんかよ？」

ベラが眉をつり上げ、壁を睨む。

いや、それまでたしかに誰もいなかった壁際に、誰かが寄りかかっていたのだ。

人、ではない。

その姿はまるで蜂のような魔物であった。正確には、亜人のように蜂の特徴を備えた人型の魔

物……だろう。

　蜂男は組んでいた腕を、やれやれと、肩の高さで広げていた。

「問題ありません。すでに軍も掌握済みです」

「ふーん？　ならいいが、王国んときみたいな失敗は勘弁して欲しいね」

「っ！」

　バチン！　バチン！　と扇子を何度も開け閉めすることで、不快であると見せつけるが、蜂男には響いていない。

「頼むぜ？　成功したら、約束のこれをやるからよ」

　蜂男が小瓶を摘まみ、ゆらゆらとベラの前で揺らす。

「ああ！　それが最後の……！」

　手を伸ばして小瓶を取ろうとするも、蜂男はさっと小瓶を隠してしまう。

「王国を落としたらって話だろ？」

「っ！」

　ベラが蜂男を睨みつける。

「まあいい、帝国の掌握はほぼ終わってるみたいだからな。特別にいつもの方をくれてやるよ」

　言いながら、蜂男が先ほどとは違う小瓶をベラに投げると、彼女は慌ててそれを受け取り、血走った目で小瓶の中身を飲み干した。

　すると、彼女の全身から蒸気のような煙が上がり、わずかだが、肌つやが良くなっていく。

若返り薬のアムリタ……ではない。

それは、とても危険で、許されざる薬であった。

「ふ……ふふふふ……大丈夫」

先ほどの憤りもどこへやら、ベラは満面の笑みで呟く。

「近日中には全て予定通りに進めておきましょう」

彼女の言葉に応える者はいない。すでに部屋には彼女一人だけだったのだから。

しばらく若返りの余韻に浸ったあと、彼女は音漏れしない分厚い扉を開いて、外にいた兵士に伝言を頼む。

すぐに老齢の男がやって来た。

「ふふふ。お父様、始めましょう?」

「……ああ」

彼女の父親、ドルガンデス・ドーラ・バルターク公爵は覇気のない声で答えると、兵士に号令を掛けた。

そう、皇帝陛下を捕らえようと……。

◆　◆　◆

ミズホ神国中に、鐘の音が響き渡る。

武士と呼ばれる戦士が街中を駆け回り、住民に避難を呼びかけていた。

「領民は速やかに所定の避難場所へ！　商人たちはすぐに領外に逃げるか、我らの指示する場所へ移動するように！」

武士の怒号が飛び交うと、住民は手荷物一つで家から飛び出し、ぞろぞろと城壁の中へと移動を開始する。

ミズホ神国は小国であることを逆に生かした造りになっている。幾重にも連なるような市壁と住居が入り組んだ形になっていて、中央の城に近づくほど堅牢になっていた。

「なるほど、街の形そのものが、一種の防壁になっているんだな」

俺の呟きに、レイドックも頷く。

「山城に近い造りだな。特に中央から三枚目までの壁は守りに強い構造になってる」

「だから、街中にも武士が多く配置されてるのか」

走り回るミズホ兵を見ていると、外側の市壁だけでなく、区画を区切るように並んでいる市壁や城壁にも配置されているようだった。

「緊急時には外側の住居自体が敵の侵攻を遮る壁になるように設計されているんだろ。造りとしてはよくあるが、この国の構造はそれを徹底しているな」

俺はなるほどと頷く。

現人神ムテンの御所を中心に、幾重にも張り巡らされた防壁と、区画ごとに詰められた住居にはそんな意味があるのか。

御所を囲うように御三家の城があり、住民たちはその城内へと避難していく。

小国だからこそ出来る避難方法だな。

実は、ゴールデンドーンの城も、全住民が避難できる造りになっていたりする。だから城とそれを囲う城壁は、まさに鉄壁である。

俺とレイドックの会話に、誰かがナチュラルに参加してくる。

「だからこそ、この国が一番安全なんだよねぇ」

「小国家群の盟主国と言われることはあるんだな」

「ああ。逃げ込むならこの国にかぎるね！」

「国民以外の人間も受け入れてるのか……って！　おいこら！　てめぇなにしれっと会話に混ざってんだよ！　ルーカス！」

あまりに自然に参加してたんで、一瞬気づくのが遅れたが、何食わぬ顔で俺たちに混ざっていたのは、旅の途中で知り合った、帝国の冒険者であるルーカス・リンドブルムだった。

レンジャーの紋章持ちのようで、危険な小国家群周辺を一人旅しているらしい。

「ところでなんで俺は、むさい野郎なんかと話してるんだ？」

「知るか！　勝手に参加してきたのはお前だろ！」

「いやー。面白い話をしてたんで、ついよー。こういう都市って、どうやったら落としやすいんだろうな」

相変わらず軽い男である。見た目も会話も軽い。

「いくらなんでも不謹慎だろ」

今まさに魔物に攻められている街でする会話じゃない。

「そうかもしれないけどよー。そういうの気にならない？」

そう言われると、気にならないとは言い切れない。もっとも城攻めなんてしたくもないが。

レイドックは少し首を傾げる。

「傭兵じゃないから詳しくないが、こういう堅牢な城を落とすのは、昔から物量で押し切るか、籠城させて兵糧攻めって相場が決まってるな」

ルーカスが、頭の後ろで腕を組んだ。

「ふーん。籠城ってたしか、城とかに閉じこもるやつだよな。守るほうが有利なんじゃねーの？」

「囲う戦力が突破されないって前提になるが、援軍の予定がなきゃ籠城側はいずれ干上がる。囲う方の食料が補充されないと、ただの我慢比べになるけどよ」

「なるほどなー。食料がなくなるまで囲うのか。えっぐいなー」

「ま、人間同士の戦争の話さ。今回みたいにスタンピードしてる魔物が相手なら、籠城は有効だぜ」

「面白い話だな。よし！　ちょっとそこらの女の子に知ったかしてくるわ！」

そう言ってルーカスがエヴァの方に走っていき、しばらくあと、風魔法で追い払われていた。

「……なにをやってるんだ、あいつは」

「ほっとけ、おかげで緊張感はなくなったしな」

「緩み過ぎだろ……」

俺とレイドックは、同時に肩をすくめて、やれやれと首を振るのであった。

時代の変化って、唐突に訪れるよなって話

ミズホに滞在する王国人は多くない。俺たちはカイルの指示を受け、王国の商人たちを即座に王国へと送り帰していた。

いつものメンバーだけになったのを確認して、全員が集合する。

カイルがこれからの方針を決めるあいだ、キビキビと動くミズホの武士を眺めていたら、ノブナがこちらに走り寄ってくるのが見えた。

女性の武士装束なので、とても目立つ。

剣と魔法……この国特有のオンミョウ術という特別な符術を使いこなすノブナは、軽装だがフル装備であった。

「王国の人は全員集まってる？」

「ああ。商人なんかは転移門でゴールデンドーンに送り帰したから、この国にいる王国人は、全員ここにいる」

幸い転移門の設置してある広場は、御三家の城壁と市壁の間にあったので、特に苦労なく一般人を全て避難させることができていた。

街の一番外側の市壁付近だったら、防衛準備に駆け回る武士の邪魔になっていただろう。

「それは良かったの。カイル様はすぐに母国に避難したほうがいいのよ？」

「ああ、カイルはすぐに戻った方がいいな。俺は手伝うつもりだが」

　俺は当然、ミズホ神国に残って手伝うつもりでいたが、カイルが慌てて顔を上げる。

「ダメですよ、クラフト兄様！　内政干渉になりかねません！　ノブナさん。ミズホ神国として、正式に応援要請などありますか？」

「いいえ、シンゲン将軍から言いつかったのは、カイル様が無事帰るまで護衛することだけなのよ」

　彼女の祖父であり、この国の軍事最高責任者であるシンゲンは、俺たちを送り帰すつもりらしい。

　やる気になっていた俺は、さすがに慌てる。

「ちょ、ちょっと待ってくれ！　噂話だと、かなり大規模な魔物の襲撃なんだろ!?　人手はいくらあっても困らないだろ！」

「気持ちは嬉しいのよ。でも、大丈夫。魔物ごときにミズホの武士は負けないのよ！」

「だけど……」

「クラフト兄様。ダメですよ。正式な要請があるまで、武力の行使は厳禁です。レイドックさんも同じですよ」

「わかってる。冒険者ギルドの規約でも、国家の軍事行動には、依頼がないかぎり関われないからな」

　たしかにそうだが……、国同士の戦争ってわけじゃないんだぞ？

「逆を言えば、ギルドからの緊急依頼でもあれば、即参戦しますがね」

「難しいでしょう。自国の問題なら、領主と連携出来ますが、他国ですからね……」

「特にミズホの冒険者ギルドは、他国とのつながりがほとんどありませんから」

冒険者ギルドは国家をまたいだ巨大組織だが、実質的にはほぼ国ごとの独立組織と変わらない。

連携を取りたくても、距離や道中の危険度の問題で、ほとんどやりとりが出来ないからだ。

これは、冒険者のランク問題にも関わってくるのだが、それはいずれ説明しよう。

「少なくとも、王国からの依頼でギルドに参戦要請でもなきゃ、俺は手出し出来ませんね。残念ながら」

なら、俺だけでもと口を開きかけたが、それに気づいたのだろう、リーファンが俺の脇腹を肘で突いた。

「クラフト君。もちろん生産ギルドの職員も、国家間のいざこざに手出しするわけにはいかないからね？」

「う……」

完全に見透かされている。

だが、俺は友達になったやつを助けたい。

「ノブナさん。僕たちは転移門で戻ろうと思います」

「カイル!?」

「それがいいのよ」

「ですが、国交を樹立したばかりの国の情勢は知りたいと思います。観戦武官の派遣を許可してくださいませんか？」

「観戦武官？　状況把握のために、兵を何人か置いておきたいってことね。許可するのよ」

「それはありがたいのですが、将軍に確認しなくてもよろしいのですか？」

「問題ないのよ。カイル様に関する問題は、あたしの判断に任せるって、委任されてるのよ」

「わかりました。ありがとうございます。……クラフト兄様、アルファードに事情を説明して、観戦武官としてこちらに来るよう連絡をしてください」

「……わかった」

ノブナたちを手伝ってやりたいという気持ちはあるが、カイルがそう決めたなら、俺はそれを尊重する。

こうして俺たちは、アルファードと入れ替わるように、ゴールデンドーンへと戻った。

「くそっ……俺に出来ることはなんにもないのかよ」

つい、小石を蹴っ飛ばしながら、吐き出してしまう。

するとカイルがこちらに顔を向ける。

「なにを言ってるんですか、クラフト兄様。兄様には今からやってもらうことがありますよ？」

にこりとカイルが微笑む。

俺はこのとき、初めてカイルの真の才能を知るのであった。

「なにを思いついた？」

「僕はこれでも領主なので、安全保障の面でも、外交の面でも、いざという時のことを考えなければいけません」

そりゃそうだな。

カイルが大変なのは知ってる。だからこそ、俺はこいつのことを助けたいと思っている。

「ですので、いざという時のために、転移門の改修ができるよう、お願いします」

「改修？　どんな風にだ？」

「今、ミズホ神国とのあいだに設置してある門は、ちょうど馬車が通れる幅ですが、いざという時に、大量の人間が短時間で移動出来る大きさにして欲しいのです」

「なんだって？」

「もし、正式に援軍要請があれば、軍事同盟は組んでいませんが、僕は派兵するつもりです。そのときに、今の門では狭すぎます。陛下の裁決はこれから確認しますが、否はないと思っています」

「なるほど！」

さすがカイル！

見捨てたわけじゃなかったんだな！

「ただ、あくまで正式な要請があれば。ということになりますが」

「そのときに慌てても遅いもんな」

「はい。それに……」

言い淀むカイル。

「なんだ？」

「いえ、これは考えたくないのですが、万一のときは避難民を受け入れられますから」

「それは……」

たしかに考えたくもないが、ミズホ神国が落とされる可能性もある。

「どちらにせよ、いざという時に、門を大型のものに切り替える準備をお願いします」

「ああ、任せとけ！」

俺は握り拳を見せつけた。

「リーファンさんは、大橋の完成を急いでください」

「今、橋ですか？」

「はい。ミズホ神国は大河を渡ったずっと先ですが、転移門が壊されることも考えておかなければなりません」

「あ！　そうか！　最悪の場合は、陸路で避難民が来る可能性もあるんですね！」

「はい。それにミズホが窮地になれば、単純に周囲の小国家から避難してくる人も出てくるでしょう。その場合は門を使えません」

なるほど。

ミズホの周辺国が、魔物と戦争している状況で、結果を見ずに逃げ出す可能性もあるのか。よくもまぁそこまで考えつくもんだ。

転移門の存在も知らないんだから、帝国方面か南……つまり王国方面に逃げ出すだろう。

「わかりました。作業ペースを上げます！　もともともうすぐ完成予定でしたから、それほど掛からないと思います」

「大橋の完成次第、北側城壁の強化もお願いしますね」

街の北東側には城があるので、もともと分厚い城壁がある。

そしてその城壁と大橋のあいだは区画化され、市壁で囲われていた。ここを強化しておけば、避難民でなく、魔物が来たときに対処できるように建築が進められている。

それを優先して進めようって魂胆か。

「レイドックさんのパーティー、特にエヴァさんに依頼があります」

「なんでしょう？」

「クラフト兄様から、完全版のオリハルコン通信具を受け取って、情報のやりとりをお願いします」

俺はそこで気がついた。

なぜゴールデンドーンの軍事責任者であるアルファードを観戦武官として送り出したのか。

「そうか。アルファードが見聞きした映像を、全員で共有しようってのか」

「はい。兄様とジャビールさんには錬金をしてもらわなければなりませんので、通信の魔導具を使いこなせるのは、エヴァさんしかいないと思うのです」

するとエヴァがゆっくりと頷いた。

「たしかに、こんな魔力消費の大きい魔導具を常時使うなら、黄昏の錬金術師の紋章か、私の賢者《ワイズマン》でもなければ無理でしょう」

「やってもらえますか？」

　エヴァがチラリとレイドックに視線を向ける。

「エヴァ、出来るか？　無理はして欲しくないんだが」

「大丈夫です。ただ、マナポーションはかなり必要になると思います」

「わかった。カイル様、マナポーションの供給をしてもらえるなら、引き受けます」

「もちろんです。リーファンさん、生産ギルドの保有しているマナポーションを全て確保してください。しばらくは販売を控えます」

「わかりました」

　テキパキと指示していくカイル。

　俺の弟、格好ええ！

「それでは、ミッションスタートです！」

「「おう！！！」」

　こうして俺たちはそれぞれ走り出したのであった。

「……おいらはなんもないんすか？」

　とりあえず、ジタローの寝言は無視する俺たちである。

　お前は本業の狩りを頑張れよ……。

人に教えるって、難しいよねって話

俺はエヴァに、俺と同じ通信の魔導具を渡し、機能制限版の魔導具を返してもらう。

「新しいやつは、今までのと違って、魔導具の指輪を持つ相手に、視覚と聴覚を中心とした精神感応の許可を求めることができるようになる。相手の了承意思を確認したら、お互いの感覚が共有される」

俺は状況に応じた魔術式を見せながら、通信方法をエヴァに教えていった。

「今までと違って、この上位の魔導具を持つ側が魔力を消費するんですね」

「そうそう。飲み込みが早いな」

テーブルの上に広げた、理論や魔術式の書かれた紙をのぞき込んでいるエヴァが、無意識に俺に近寄ってきている。

俺は座って、図を示しているため、移動出来ない。今立ち上がるのも不自然だよな。

「複数と同時接続するときは、視覚と聴覚を提供するのが一人で、言語思考による会話を全員が共有することになる。そのときの魔術式はこれと、これ」

「なるほど。複数の場合、相互の視覚共有は無理ですものね」

俺が式を指さすと、それに釣られてエヴァの顔がまた近くなる。もう吐息を感じられるくらいの距離だ。

「あ、ああ。擬似的にやる方法もあるけど、魔力消費がエグい」

「こちらの魔術式を使うんですね」

エヴァが指を指したのは、俺を挟んだ一番遠い所に書かれた式。

つまり、エヴァの身体がぐっと俺に寄る。

「お、おおおう。そ、その通りだ」

「なるほど、これは魔力消費が激増しますね」

「おおおおお、おう」

上半身をぐいと伸ばすエヴァが、テーブルの上で俺の正面を塞ぐように、小刻みに動いている。

つまり、目の前でおっぱ……胸部が揺れているのだ。

おかしい、目を逸らそうとしているのに、呪われているかのように目が離せない！

「では、この魔術式を組み合わせると……クラフトさん？」

もう、エヴァのおっぱ……えっと……先端が鼻にくっつきそうで、挙動不審になっている俺の様子に、エヴァが不思議そうに顔をのぞき込んでくる。

「具合でも悪いんです……ああ！」

どうやらエヴァも、自分の体勢に気づいたようで、慌てて俺から離れた。

「ちょっ!?　近い、近い、近いですよ!?」

「べべべべべ別に、俺から近づいたわけじゃないだろ!?」

顔を真っ赤にして、自分の胸を隠そうとするエヴァの動きがエロ……、いや艶めか……、いや面白い。

このときの俺は、つい、反論してしまったが、世の男性に聞いて欲しい。

いいか。

たとえ真実だろうと、男は女性の恥ずかしい場面に遭遇してしまった場合、謝らなければならないのだ！

自分が悪くなくともだ！

俺はそれをペルシアのシャワー事件のときに知ったはずなのに、またもや同じ失敗を繰り返してしまう。

「だ、だったら離れるなり、注意するなりすればいいじゃないですか!?」

「い、いや、説明するにはこの位置が一番良くて……」

「立って、棒でもなんでも使えばいいでしょう!?」

な、なるほど！

それは思いつかなかった！

「お前も少し、男に対して無防備過ぎるんだよ！」

「私は昔から、男性に対する自己防衛を欠かしませんよ！」

「それじゃあまるで、俺とレイドックにだけ、油断してるみたいじゃないか」

「……え？」

「……え？」

俺の指摘に、エヴァが顔を真っ赤にして動きを止めた。

……え、え？

「……クラフトさん」

「は、はい」

エヴァにめっちゃ睨まれる。顔は耳まで真っ赤である。

「ま、真面目に説明してくださぁい！　〝空爆烈〟！」

「ほぎゃあああああ！」

強烈な風魔法を喰らったりもしたが、概ね順調に説明を終えたのであった。

とほほ……。

◆◆◆

「クラフト兄様」

俺が自宅の錬金部屋で、転移門の大型化による魔力消費の増大を抑える研究をしているところに、カイルがやってきた。

マイナとペルシアも一緒にいる。

護衛の聖騎士の人たちは廊下で待機しているようだ。

「どうした、カイル？」

「はい。しばらくのあいだ、マイナとペルシアをこちらの屋敷で預かってくれませんか？」

「二人を？」

「はい。こちらには兄様とジャビールさん。それにリュウコさんもいますから」

「ああ、つまり護衛対象をまとめておきたいってことか」

「はい。お願いできますか？」

なぜか妙に目を輝かせながら、マイナが俺を見上げている。

特に断る理由はない。もともと俺の屋敷はカイルの屋敷と一緒に聖騎士隊が巡回してくれてるので、安全だろう。

だが、逆に心配になる奴が出てくる。

「それだと、カイルが一人になるんじゃないのか？　アルファードもいないし」

「僕はしばらくのあいだ、城で寝泊まりしますから」

「ああ、なるほど」

ゴールデンドーンにおいて、城ほど安全な場所はないからな。

「なら、マイナも城に連れて行けばいいんじゃないか？」

「マイナが兄様の邪魔になるようなら、そうします。マイナがザイードお兄様と一緒の城に住むのを嫌がって……」

俺の許可次第ってことか。

「構わないぞ。部屋ならいっぱい余ってるからな」

領主であるカイルの屋敷と、俺の屋敷の造りはほとんど同じなのだ。部屋数も多いし、格も高いので、マイナを受け入れるのに問題はない。

メイドはリュウコがいるし、マイナが来るなら専属も連れてくるだろう。

「ありがとうございます。……マイナ、兄様はお忙しいから、邪魔したらいけないよ？」

「ん。大丈夫」

力強く頷くマイナ。

最近は言葉数も増えてて、いい傾向だな。

「それではお願いします」

カイルはそのまま聖騎士を引き連れ、城に移動するのだが、そのとき彼はこのように独り言を零していた。

もちろん俺はそれを知らないのだが。

「リュウコさんは護衛対象じゃなく、むしろ護衛の一人なんですけどね。それにしてもレイドックさんやジタローさんも、兄様が気づくまで言わない方が面白いからって……」

カイルはいたずらっ子のように、クスリと笑う。

「リーファンさんも、いまいちわかってないようなんですよね。リュウコさんから提出されている、兄様の屋敷に侵入しようとした族を捕らえたという報告も、聖騎士や冒険者が捕らえたと勘違いしてるみたいですし」

同じ報告書を受け取っているのに、人によって捉え方が違う場合があるというのを、カイルは学んだ。

「二人がいつ気づくのか、ちょっと楽しみですね」

クスクスと笑いながら、カイルは城へと入っていったらしい。

それはそれとして、俺がマイナたちに滞在許可を出すと、マイナとペルシア。それに彼女たちの専属メイドたちの荷物が屋敷に運び込まれた。

リュウコの指示で、部屋の用意はすぐに終わる。

「マイナは自分の家だと思ってくつろいでくれ。俺は仕事があるから自由にしてくれていいぞ。わからないことはリュウコに聞いてくれ」

俺より詳しいしね！

「ペルシア、マイナのこと頼むぞ」

「貴様に言われるまでもない。この身命に賭してお守りする！」

ペルシアが噛みつくように宣言したが、マイナがぽつりと呟く。

「ペルシア……堅い……」

「……え⁉　マイナ様⁉」

「わはは！　マイナも言うようになったな！　肩の力を抜けってことだよ、ペルシア！」

「な、なんだと⁉　護衛というのはいついかなる時も緊張感を身にまとい――」

「それが堅いって言ってんだよ！　せめてこの家にいるときくらい力を抜け！」

聖騎士の皆さんが、屋敷の外を守ってくれてるんだ、ペルシアもちっとは柔軟に対応しろっての。

あのマイナにまで突っ込まれてるんだぞ。

「ぬぐぐ」

「まあいいや。俺は仕事に戻るぞ」

錬金部屋に戻った俺は、研究を再開するのだが。

「……あの、マイナさん？　そこは椅子じゃないですよ？」

なぜか膝の上にマイナがいた。

むふーっと鼻息を荒くして、妙に楽しそうである。

しかたない。危険な薬剤を使うときだけ離れてもらうか。

こうして俺は研究を再開した。

ごきげんなマイナを膝に乗せながら。

次の日からも、マイナは学校が終わると直帰して俺の膝に乗るようになる。

ケンダール兄妹たちから、文句を言われたが、そこまでは知らん。

「マイナが遊んでくれなくてつまらない！」

って言われてもな。

そして、この日からアルファードの見聞きした映像が、カイルの指示で俺たちにも共有されることになった。

エヴァの準備が出来たのだろう。マイナとシュルルとプラムを除く指輪持ち全員が、詳細を知ることを許される。

プラムは生産ギルドのいち職員だからな。除外されるのは当然だ。

……あれ？

俺もギルドのいち職員じゃね？

いや、俺はカイルの兄貴分だから問題ない。リーファンはギルド長だし。

ジタローは……ジタローだからしょうがない。

とにかく、毎日定期的な精神感応共有で、ミズホ神国と魔物の戦争の様子がわかるようになったのであった。

▼守るってのは、決意がいるよなって話

ミズホ神国は、半島の先にある小国だ。

その立地を生かして、防衛戦力のほとんどを陸側に集中出来る強みがある。

さらに、険しい地形を利用した市壁と城壁のおかげで、非常に堅牢な都市国家となっていた。

たまに海の魔物が暴れることもあるが、スタンピードはしない。

だからこそ、長年魔物が多く生息するこの地域で、独自の文化を続けてこられたのだろう。

だが、その日、とうとうそれが脅かされるのであった。

「とんでもない数なのよ」

ノブナの家であるヴィルヘルム家。その城の本丸にある高層の楼閣、天守閣と呼ばれる物見部屋で、ノブナが無意識に呟く。

横にいたアルファードが追随した。

「ゴールデンドーンも定期的に魔物の大軍勢が押し寄せますが……その比ではありませんね」

「ええ。ちょっと尋常じゃないのよ」

ノブナは「口調は崩してくれて構わないのよ」と言いつつ、地平を埋め尽くす魔物の群れを睨みつける。

「かなりの数だが、耐えられそうか？」

アルファードが眉間にしわを寄せ、ノブナをチラ見した。

「少し前だったら、無理だったのよ」

「どういう意味だろうか？」

「今までの石垣だったら突破されてたと思うのよ。でも、一番外の市壁と、中央を囲う御三家の城壁を、錬金硬化岩で補強し終わってるのよ」

現人神ムテン・イングラムの住まう御所に防衛能力はない。

御所を中心に御三家の三つの城が囲っている。三つの城の城壁はつながっており、巨大な一つの城を成していた。

その城を中心に、複雑に入り組んだ市街があり、区画を区切るようにいくつもの市壁が張り巡らされている。

一見雑多に建築された住宅そのものが、いざという時の防壁になるよう設計されているのだ。

そして、それら全てを包む一番外側の市壁こそが、外敵に対する最初の障壁。

ノブナが言っているのは、御三家全部を囲う、つながった城壁と、一番外側の市壁を錬金硬化岩で補強したということだ。

「ミズホが真っ先に輸入していたのが錬金硬化岩だが、もう施工されていたのだな。この国の職人は優秀なようだ」

「ふふん。ミズホの職人は腕利きばかりなのよ」

ノブナは誇らしげに自慢する。住民に対する愛情が感じられた。

「……でも、城壁を優先したから、市壁がどうなるかはわからないのよ」

「市壁を突破されたときの対処は決まっているのか？」

「もちろんなのよ。すでに市民は御三家の城に避難を開始してるのよ」

「なるほど。最短でも避難が完了するまで、市壁の防衛が必須か」

「そうなるのよ」

ノブナが思い出したように付け加える。

「そうそう、転移門だけれど、カイル様にお願いして、ヴィルヘルム家の城壁内に移設してもらったのよ」

「もう終わったのか」

どちらの国の転移門も、国の安全と、商人の利便を考え、城壁外に設置されていたのだが、今回の件をきっかけに、防衛力の高い箇所へ移転したのであった。

二人が会話をしていると、ふいにノブナの脇に人影が現れる。

気配を感じられなかったアルファードが思わず声を上げた。

「うおっ!?」

「失礼したナリよ」

謝罪したのは忍装束の巨乳な猫獣人。ノブナの配下のくのいち、チヨメであった。

ノブナは慣れているため、普通に声を掛ける。

「なにかあった？」

「魔物の一陣が最外市壁にとりついたナリ」

「早いわね」

「どうにも、魔物の動きが変ナリよ」

「変？」

「上手く言えないナリが、どこか組織立ってる印象があるナリ」

ノブナだけでなく、アルファードも眉をひそめる。

アルファードが腕を組んで、魔物の動きを観察。

「言われてみると、若干魔物に流れがあるようにも見えるが、偶然ではないのか？」

「その可能性もあるナリ。ただ、ある程度の塊ごとに動いてるように感じたナリよ」

「……」

「チヨメ。魔物はスタンピード状態なのよね？」

「それが、そうでもなさそうナリ。スタンピード特有の血走って暴れている様子がないのと、かなり雑多な種類の魔物が混在してるナリよ」

「「……」」

ノブナとアルファードが黙り込む。

二人が考えているのは、魔物を操っている者がいる可能性。

「仮に」

アルファードが零すように呟く。

「魔物がなんらかの方法で操られているとしても、やることは変わらないだろう」

「そうね。敵対するなら、叩き潰すだけなのよ」

　変な迷いは敗北を呼びかねない。

「チヨメは念のため、敵の動きを監視するのよ。特に指揮官のような魔物や人がいないかを」

「承知したナリ。ただ、敵の数が多すぎるので――」

「無理はしないで。安全第一なのよ」

「わかったナリよ」

　そのままチヨメは柱の影に溶けるように消えていった。

　アルファードがため息を吐く。

「気のせいならいいんだがな」

「そうね」

　二人は市壁に押し寄せる、魔物の一団を睨みつけていたが、アルファードがぼそりと呟く。

「あれはまずいな。ギガントオーガとヒュドラの集団がいる。まるで示し合わせたかのように門へ向かっている」

　ヒュドラは首の数が増えれば増えるほど、巨大で凶悪になっていく魔物である。なかには十を超える首をもつ個体もいるが、それは絶望の代名詞だろう。

　湿地帯のヌシだったヒュドラは八ツ首だったが、例外的に強個体だった。おそらく黒い植物が関係していたのではと、カイル経由で連絡をもらっている。

ギガントオーガは、オーガの上位種だ。

オーガの上位種はいくつか存在するが、ギガントオーガはその中で最も巨大で物理攻撃力に優れる。

動きが鈍いことから、サイクロプスより脅威度は低いとされているが、巨体から繰り出される一撃は、サイクロプスを遥かに上回るのだ。

ゴールデンドーンの中堅冒険者チームで対処が必要になる魔物で、エリクシル領外の冒険者であれば、サイクロプスと同じく、出会ったら絶望する敵である。

余談だが、レイドックチームなら瞬殺だ。

巨人であるギガントオーガの集団と、巨体をもつヒュドラの集団が、示し合わせたかのように市壁の正門を目指している。

もちろん深く掘られ、海水が満たされている水堀を避ければ、自然と正門に集まるのは自然なのだろうが、ギガントオーガだけでなく、水に強いヒュドラまでもが正門を目指しているのは気になった。

錬金硬化岩を使ったことで、市壁は強化されているが、門の改修は終わっていない。

もともと門自体が丈夫に作られているというのもあるだろうが、開け閉めできる巨大な門は作成にかなりの時間を取られるからだ。

丈夫にするだけなら、全てを鉄にでもすればいいのかもしれないが、重すぎて開閉出来なくなってしまう。

だから、あの集団が門を集中攻撃などしたら、短時間で破壊される。

アルファードは嫌な予感を覚え始めた。

「大丈夫なのよ」

そんなアルファードの不安を払拭するかのように、ノブナは宣言する。

「ミズホの武士を舐めないで欲しいのよ」

もちろん、アルファードは武士の強さを舐めたことなどない。交流の一環で、訓練を見せてもらったこともあるが、それは見事な規律をもつ軍隊だった。

彼らの強さを前提にした作戦はいくつも思い浮かぶが、城門を確実に守るためには、どの作戦も大きな被害が予想される。

「門が開くのよ」

「なに!?　防衛ではなく、撃って出るつもりなのか!?」

「当たり前なのよ」

それは、アルファードが内心でいくつもの作戦をシミュレーションしていた中でも、最も効果の高い作戦である。

ただし同時に、最も被害が大きい作戦でもあった。

考え方は、場所によってそれぞれだよなって話

天守閣からでも、敵の全貌はうかがい知れない。

それは、ミズホの最外市壁周辺は切り開かれ平原となっているが、少し離れれば徐々に樹木が増え、林になり、森となっていくからだ。

見えるかぎりの平原に、大量の魔物がひしめきあっているだけでも驚異だが、その奥、森の奥にどれだけの魔物が残っているのか想像もつかない。

だが、所詮は魔物。連携を取ることもなく、闇雲に突っ込んでくるだけだ。

小都市とは思えないほどの過剰な防衛施設のおかげで、堅牢な市壁に突っ込んでは矢と魔法でその数をすり減らしていっている。

だが、やっかいな集団がいた。

ギガントオーガの集団と、巨体をもつヒュドラの集団である。

よりにもよって、一番来られたくない場所に、まるで狙ったかのように、大型の魔物が突進してきているのだからたまらない。

このまま籠城するのかと思いきや、なんと正門にたかられる前に、跳ね橋が下り、正門が開いた。

「お父様の部隊なのよ」

「なんだと⁉　ハンベエ殿は城を防衛しているのではないのか⁉」

ミズホ兵の配置を知らされていなかったアルファードは、ヴィルヘルム家の当主が城を守らず最前線にいることに驚愕する。

「まだ市民の避難が終わってないのよ。あそこにお父様がいるのは当たり前のことなのよ」

「それはわかるが、だからといって、この状態で撃って出るのか！」

叫んではいるが、実はアルファードも、精鋭部隊による突撃で、門を守る案は思いついていた。

だが、それと将軍直下の三将の一人が突っ込むのは話が違う。

効果が高いのは間違いないだろうが、被害も尋常ではないはずなのだ。

「下手をしたら全滅するぞ⁉」

「でも、ここで大型の魔物を潰しておかないと、市民の避難前に正門が破られるの」

ノブナが冷静に答える。

「それは、そうだが……」

「見て」

武者鎧に身を包んだサムライたちが、二足鳥に騎乗し、見事な隊列で飛び出していく。

「ハンベエ殿が先頭だと⁉　いくらなんでも無謀だ！」

「一番槍は誉れなのよ」

心配どころか、誇らしげに語るノブナに、アルファードが絶句する。そして、戦いに対する常識が違うのだと理解した。

突撃した部隊は、間違いなく精鋭。まずは槍による騎兵突撃。しかも必ず一体に複数で当たる。大型のヒュドラ一匹に、ミズホ武士が三騎で当たり瞬殺していく。

ギガントオーガには三騎から五騎。おそらく五騎で当たりたいのだろうが、戦場なので流動的になっているようなのだが、それでも最低三騎が必ずつき、敵を翻弄していく。

「凄まじい練度だ」

「当たり前なのよ」

「なにより、ハンベエ殿の先導が、まるで空から俯瞰しているかのように正確だ」

ハンベエ自身の武力も凄まじい。正門前に固まっていた大型種を一直線に切り開いていく。

アルファードは悔しいが自分よりも強いと、ハンベエの強さを認める。だが、レイドックには遠く及ばない。それにもかかわらず、敵の攻撃を躱し続け、攻撃を当て続けていた。

「経験の差か。ハンベエ殿は今までいったいどれだけの魔物と戦ってきたというのだ」

「お父様は若い頃、お爺様の言うことを聞かず、毎日部隊を引き連れて、魔物狩りに明け暮れていたそうなのよ」

「今の冷静沈着なハンベエ殿からは考えられぬ逸話だな」

「ヴィルヘルムの男は、多かれ少なかれ、だいたいみんなそんな感じなのよ。……カネツグを除いて」

ノブナがため息交じりに、弟の名を出すが、アルファードは聞き流した。それよりも今は戦況だ。

ハンベエの部隊が強いのには、もう一つ理由がある。それは彼らの部隊に大量の式神と呼ばれる召喚された使い魔が、敵を翻弄し、足止めし、誘導しているからだった。

「あの使い魔……いや、式神たちを操っているのは、市壁の上でオンミョウ部隊を指揮しているカネツグ隊ではないのか？」

アルファードが指さす先に、武士とは異なるこの国独自の魔術師である陰陽師の部隊が並んでおり、それを指揮しているのはノブナの弟、カネツグである。

「お父様の作戦ね。全く、安全な場所に身内を置いておくなんて恥なのよ」

「い、いや。魔導師部隊を後方に配置するのは、戦略上理にかなっているぞ」

「あたしなら、一緒に戦場を駆け巡るのよ」

「それは……」

ノブナの武装は、サムライとオンミョウの中間的な服装である。彼女は刀もオンミョウ術も達人なのだ。アルファードはカネツグの実力をよく知らないが、服装から生粋の魔術師タイプなのは理解している。そんな彼に最も危険な敵中突破に参加しろというのは、戦術的にも心情的にも無茶が過ぎる。

「ハンベエ殿の判断は正しいと思うぞ。何より、カネツグ殿の式神運用は素晴らしい。味方の被害を最小限にするよう、式神を細かく立ち回らせ、部隊が動きやすいよう実に巧妙に運用している」

「それは式神の威力が足りないだけではないの？」

「それは違うぞ、ノブナ殿。仮にあのオンミョウ部隊が強力な大技を使う式神を召喚し、一斉に敵に攻撃したらどうなるだろう」

「たくさんの敵が倒せるのよ」

「ああ。だが、大技は普通範囲攻撃だろう？」

「そうなのよ」

「味方に被害を出さぬよう、技や魔術を発動するなら、ある程度味方の部隊より離れた場所に打たねばならない。結果として味方部隊を直接援護する式神はいなくなる。それに大技となれば、溜めも長くなるだろう。だが、今召喚されている式神は、小回りのきくタイプのようだ。実に巧みに味方部隊を支援している」

　それまで戦場から目を離さなかったノブナが、アルファードに顔を向け、目をぱちくりと瞬かせ、そして再び正門へと視線を戻す。

「ふぅん。カネツグもそれなりに考えてたのね」

　アルファードは、ノブナの弟への評価を、少しは変えられたのではないかと思う。さすがに不当なほど、評価が低かった気がしていたからだ。

◆◆◆

　数時間後、正門や市壁を短時間で壊せそうな大型の魔物は全滅していた。

　これでかなりの時間稼ぎになっただろう。だが、敵の総数は依然不明であり、油断はできない。

それでもしばらくは単純な防衛戦が続くだろう。

城まで英雄たちが帰還すると、避難していた市民たちが一斉に、雷鳴のような喝采を浴びせる。

だが、戻ってきた英雄は半数であった。

「ノブナ殿、少し様子を見てくる！」

「あたしも行くのよ」

ノブナは部下に上空警戒を続けるよう指示を出すと、駆け出したアルファードのあとを追う。

二人が城門に着くと、広場に大量のムシロが並べられ、そこに式神が次々と遺体を運び込んでいた。

「っ！」

アルファードは数百の遺体に、顔をしかめる。

家族らしき市民が、それぞれの遺体について、涙を流している光景が、そこら中に溢れていた。

一人の母親が、ハンベエの下へ走り寄る。

「ハンベエ様！　息子は……息子は立派に死ねましたでしょうか⁉」

ハンベエは二足鳥を降り、骸を確認したあと、母親の肩に手を置き、小さな笑みを見せる。

「母君よ。タロウマルはあっぱれな死に様であった。まことミズホ神国の誉れよ。忠義厚く勇敢な男であった。ご子息の誉れ、誇られよ」

「そうですか……愚息は役に立ちましたか……ありがとうございます、ありがとうございます！」

「うむ。笑って見送られるがよろしかろう」

ハンベエがそう言うと、母親は泣きながらも笑みを作った。アルファードにはその笑みが、やせ我慢なのか本心なのかまではわからないが、このミズホ神国という国の強さを心底理解する。

魔物に囲まれた小国で強国たり得たのは、まさにこの死生観なのだろう。

ノブナが遺体の一つに近づき、悲しそうな表情を一瞬だけ見せたが、すぐに持ち前の明るい笑顔になり、叫んだ。

「みんな！　よく頑張ったのよ！　誉れよ！」

すると市民も兵士も、腕を上げ、気勢を上げる。

「ミズホを、現人神を、守り抜くのよ！」

「「うをおおおおおぉぉぉぉ！」」

アルファードは、ミズホ神国ならこの国難を乗りきれると確信した。

人の話は、ちゃんと聞いておいたほうがいいって話

ミズホに魔物の大群が押し寄せてから、三ヶ月が経っていた。

すでに市壁は落ち、現人神の御所を囲う、三つの城での籠城に状況は変わっている。

だが、それは最初から計画されていた作戦だった。

防衛面積を狭めるだけでなく、市壁を維持しているあいだに、強化された城壁による防衛はまさに鉄壁。

確実に魔物の数をすり減らし、ようやく終わりが見え始める。

この日も観戦武官であるアルファードは、炊き出しの手伝いをしていた。戦局が安定していることもあるが、戦時介入にならない程度の手伝いくらいさせてもらいたかったのである。

休憩に入った弓兵の一団に、食事を配り終わる頃、アルファードは顔見知りを見つけた。

「ルーカスか」

「よう！　久しぶりだな！」

レンジャー装束のチャラい男の名はルーカス・リンドブルム。帝国の冒険者なのだが運悪く、魔物との戦争に巻き込まれ、国外に逃げられず、ミズホに足止めを余儀なくされている。

カイルが使節団を率いていた頃に仲間と知り合ったのは聞いていたし、クラフトからもナンパ野郎と言うのも聞いている。またアルファード本人も、戦争が始まる前の交流期間に紹介され何

度か会っていたし、戦争が始まってからも、たまに会話していた。

「まったく、俺はいつになったら帝国に帰れるのかね？」

「災難だったな。だが、今は臨時の弓兵として稼いでいるのだろう？」

「気が向いたときだけなー」

「たまに見ていたが、なかなかいい腕をしているじゃないか。……おっと食事だ」

「おう、ありがとよ！」

ルーカスはお盆を受け取って、一歩横にずれたが、なぜか無言で食事を見下ろしている。

今日の食事はクラフト小麦を使ったパンに、豆の煮物、肉野菜炒め、それに味噌汁だ。もしかしたら米がないのが不満なのかと思い、アルファードが声を掛ける。

「なんだ？　嫌いな物でも入っていたか？　それともパンばかり続いてるのが辛いのか？」

「いや、俺は帝国人だからな。パンは大歓迎だ」

「それにしては、なにか考え込んでいるようだったが？」

「毎日ご馳走で、よく食料が尽きないなーってよ」

アルファードは首を傾げた。

「そりゃあ、マウガリア王国から大量の食料支援があるからな」

「……は？」

「聞いていないのか？　二国間に大型の転移門が設置され、武器も食料も全面支援していると、何度も発表しているはずだが？」

「あー。女のところにしけ込むのが忙しくて、聞き逃してたかもなぁ」

想像以上のナンパ野郎っぷりに、アルファードは頭をおさえる。

「いちおう臨時の傭兵扱いだろうに」

「気が向いたときしか参戦してなかったからなぁ」

「まったく……」

戦意高揚の意味でも、市民の不満を減らすためにも、この情報は大々的に喧伝されているのだが、やはり帝国の冒険者ということもあり、ちゃんと聞いていなかったのだろうとアルファードは判断した。

「食べたら参戦か？」

「いや、もう勝ちは確定だろ？　あとは街が開放されるまで、適当に花んとこへしけ込んでくるわ〜」

「しけ込むって……、避難民は避難所暮らしだろうが」

「もともと城勤めで個室持ちのお花ちゃんさ〜。早いとこ帝国に帰れるよう頼むぜ」

「ほどほどにしておけよ」

ルーカスは食事をかっ込むと、手をひらひらと振って暗がりへと消えていく。

だが、このルーカスの願いはかなわないのであった。

◆　◆　◆

次の日、ミズホ神国は本来の戦場の姿を取り戻していた。

「矢が足りないぞ！　もっと持ってこい！」

「石でもなんでもいいから、とにかく投げつけろ！」

「クソ！　クソ魔物どもめ！」

「おい！　こっちだ！　魔物が重なり合って城壁を越えそうなんだ！」

「すぐ行く！」

「ちくしょう！　どうなってんだ⁉」

「泣き言を言うな！　貴様らはサムライだろうが！」

最近続いていた作業のような防衛戦が一転、怒号が飛び交い、兵士が走り回る戦場へと変わっていた。

アルファードは慌てて天守閣まで駆け上がると、すでにノブナガが城壁を睨みつけている。

「なにがあった⁉」

「急に魔物たちが、狂ったように一斉に押し寄せてきたのよ」

「突然すぎる！」

「まったくなのよ」

アルファードが城を埋め尽くす魔物を目で追う。

「まるでスタンピードだな」

「……もともとスタンピードなのよ」

「そうだったな。……いや、なにかおかしくないだろうか？」

「最初からおかしいことだらけなのよ。そもそも最初から魔物たちはミズホを緩やかに攻め続けてたのがおかしかったと思うのよ」

これに関しては、アルファードとノブナが散々疑問に思って討論していたことだ。本来のスタンピードは、ちょうど今のように魔物の理性が吹っ飛び、もっとも近くの人間に大群で狂ったように襲いかかることを言う。だが、今回の魔物の大群は、たしかに人間の集まるミズホ神国を囲んでいたが、まるで城攻めのように、じわじわと消耗戦を強いるような、真綿で首を絞めるがごときの動きをしていた。

具体的には、昼夜問わず一定数の魔物が攻め続けてきていた。絶妙に放置出来ない戦力が常に押し寄せて、ミズホ側も常に緊張感を強いられていて、物資的にも精神的にも嫌な消耗戦を強要されていた状況である。

さらに、一般的にスタンピードは一種類の魔物が暴走することがほとんどなのだが、今回はさまざまな魔物の種族が入り乱れていた。

さすがに別種族同士が協力して動くようなことはなかったが、防衛側からすれば、種族ごとに対処法が異なるため、難易度が上がる。

「いったい、どうして急にあいつらは本来のスタンピード化したんだ？」

「そんなのわからないのよ」

「すまん、独り言だ」

敵の攻勢は激しくなったが、アルファードには逆にチャンスにも感じる。

「たしかに攻撃は激しくなったが、今まで感じていた、統率のようなものがなくなった。今は少し慌てているようだが、ミズホのサムライたちなら、有象無象の魔物なぞ、敵ではないのではないか？」

「もちろんなのよ！　ここは攻めどきなのよ。あたしも出るわ！」

これまで空を飛ぶ魔物を警戒していたノブナは、部隊を率いて城門まで一気に移動する。

するとちょうど、城門前にハンベエが二足鳥の騎兵を集めていた。

「ミズホの武士《もののふ》たちよ！　今こそ敵を掃討するとき！　各々撃って出るぞ！」

ハンベエがカタナを高く上げ、兵士たちを鼓舞すると、今までの鬱憤を晴らすかのような大声で、武士たちが叫んで応える。

「ノブナ！」

「任せるのよ！　我は願い奉る。冥府よりおいでませ！　鵺《ぬえ》童子！」

ノブナがミズホ独自の召喚術であるオンミョウ術で、熊くらいの大きさの式神と呼ばれる召喚獣を呼び出す。それは猿の顔に狸の胴体を持ち、虎の手足をした異形の獣であった。

鵺と呼んでいた化け物が、城門から飛び降り、何体もの魔物を下敷きにしながら着地する。そのまま城門前の魔物を鋭い爪でミンチに変えていく。

鵺だけではない。さまざまな式神が次々と城門前に召喚され、殺到する魔物どもを駆逐していった。ノブナの部下とカネツグの部隊が呼び出した式神である。

城門の前に空間が出来ると、跳ね橋がドシンと落ち、門が開いた。

「ゆくぞ！」

ハンベエを先頭に、ミズホ武士たちが突っ込んでいく。

「勝ったな」

アルファードのつぶやきの通り、それから数日で、魔物のほとんどが退治されたのであった。

ノブナは疲れ果て、城門の上で座り込む。

「やっと終わったのよ」

近くのカネツグも、汗だくで座り込んだ。

「疲れたんだな」

兵士全体に、終わったという安堵感が広がった瞬間にそれは起こる。

「て……、帝国の軍勢がこちらに向かっております！」

物見の悲鳴が、響き渡ったのだった。

戦争は、なにが起こるかわからないよなって話

地平を埋め尽くす魔物を、ようやく駆逐したミズホ神国の前に、さらなる脅威が押し寄せていた。

ハンベエが城壁に駆け上がる。

「ノブナ！　管狐《くだぎつね》だ！」

「わかったのよ！　我は願い奉る。冥府よりおいでませ！　管狐《くだぎつね》童子！」

ノブナが呼び出した式神は、リスほどの大きさのキツネ。そのキツネがハンベエの肩に止まる。

この式神は、触れている者に千里眼を与える能力を持っているのだ。

ハンベエが千里眼の力を使って、地平を睨む。

「バカな……帝国め。いったいどうやってあれほどの大軍勢を連れてきたと言うのだ⁉」

帝国の旗を翻した軍勢は、目視で軽く三十万を超える。

愕然とするハンベエの肩から、管狐がノブナに移り、彼女も目を見開く。

「まさか、転移門を作ったっていうのよ？」

それに対して、ハンベエが首を横に振った。

「転移門は、クラフト殿が最近復活させた技術とのことだ。それはないだろう」

「じゃあ、魔物溢れる広大な森を、あの大軍で進軍してきたっていうのかしら？」

ミズホ神国とデュバッテン帝国のあいだには、山岳地帯と広大で魔物の巣くう危険な森が広がっている。

実力のある冒険者などは、少数で一気に突っ切ることが出来るが、それでも途中で息絶えることが多い。それに比べ、進軍速度の遅い軍勢などで進もうと思えば、何ヶ月もかかるし、その間にどれだけの兵が魔物にやられるか想像もつかない。

もちろん軍勢であるから、魔物を撃退は出来るだろうが、長期間魔物の生息域に晒されるのだ。全滅してもおかしくはないだろう。それだけ魔物の徘徊する深い森というのは危険なのだ。

なにより、帝国とミズホ神国のあいだには安全な街道などなく、獣道に毛の生えたような細道しかない。

一流の冒険者や、人類の枠を外れた強者ならまだしも、一般兵を含んだ軍勢で突破するなど正気の沙汰ではない。

それがわかっている二人だから、突然現れた大軍勢が理解できないでいた。

今までほとんど国家間の交流のなかった帝国だが、間違っても友好的な関係を築きに来たのではないだろう。

まさかとは思うが、まだまだ魔物の生存圏が人類の生存圏を遥かに上回っているこのご時世に、侵略戦争をおっぱじめるつもりかと、ハンベエが戦慄する。

おそらく敵である帝国の軍勢を凝視していると、突如空中に半透明の美女が映し出された。なにかしらの魔法かアーティファクトの力だろう。

黒で統一された豪奢なドレスは、驚くほど戦場に似つかわしくないが、レースの扇子を口元に当てた美しさは本物。妖艶という言い方を体現したかのような女であった。

『ミズホ神国よ、私たちはデュバッテン帝国である』

広域に女の声が響き渡る。心の奥を撫でるようなぬめりを感じる艶やかな声であった。

ハンベエは戦場に場違いな貴婦人に顔をしかめる。

『ミズホ神国は速やかに我がデュバッテン帝国に降伏し、属国になることを承認しなさい。これはガドラック・ユリーウス・カエサル・デュバッティウス皇帝陛下による勅命であり、慈悲である』

事前通達もなにもない突然の降伏勧告。まさに問答無用だ。だが、それを言い切るだけの戦力が向こうにはある。ハンベエとノブナは歯ぎしりを隠さなかった。

『服従の証明として、ムテン・イングラムとカイル・ガンダール・ベイルロードの身柄を渡しなさいな。皇帝陛下の名のもとに、丁寧に扱うことを約束してあげましょう』

「ムテン様を呼び捨てるなど無礼千万なのよ！」

「カイル殿を要求する意味が全くわからぬ。それに彼の名前が古いままとは……」

現人神であるムテンを呼び捨てにされ、ミズホの住民が一斉に激怒する。それまでの激戦による疲れなど、忘れたかのように国中が怒りで震えた。

『明日、太陽が真上に差し掛かるまでに二人の身柄を渡さない場合、不本意ながら実力を行使することになりましょう。なお、交渉には一切応じないので使者を寄こしても帰ってくることはないでしょう。それでは賢明な判断をお待ちしております』

そう言い放つと、女の幻影がすっと消えた。

あまりに一方的な物言いに、武士だけでなく国民全員が怒りで声を張り上げ、魔物との戦争中よりも騒がしくなってしまう。

そんな怒号が飛び交う最中、ハンベエとノブナのもとへ、一人の武士が走り寄ってくる。御三家の当主の一人、モトナリ・オブライエンだった。

「聞いたか、ハンベエ」

「妄言ならばな」

「くくく、我らがムテン様を人質として求めるなど、宣戦布告以外のなにものでもありませんな」

するとノブナの方が先に沸騰する。

「あんな奴ら皆殺しにしても足りないのよ！」

「くくく……それは国民全員の総意でしょうが、残念ながら勝てる兵力ではありませんね」

「臆したの!?　モトナリ！　オブライエン家の誇りはどこかに落としたのよ!?」

「やめろノブナ。モトナリの言っていることは正しい」

「でも……！」

「くくく。精神論で勝てるなら、我がミズホ神国は無敵なんですがねぇ」

ノブナは近くの壁を蹴っ飛ばし、怒りをあらわにする。

「モトナリ、まさかノブナをからかいに来ただけではあるまいな」

「そんなつもりはなかったのですが、次期当主としてはいささか思慮にかけるかと」

「次期当主はあたしじゃなくて、弟のカネツグなのよ」

「くくく、それは失礼。やはり、良い家に嫁ぐのがよろしいかと」

こんなときなのに、モトナリがノブナを妙にねっとりとした視線でなめ回す。

「ふん。少なくとも、貴様の後妻に入れる予定はないがな。それで、モトナリ。なにをしに来たのかそろそろ教えてはくれぬか？」

「ああ、それですが、御三家の当主は速やかに御所に集合とのことです」

「早く言わんか！　いくぞ、モトナリ！」

「くくく、もちろんですとも」

こうして、将軍シンゲンと現人神ムテン。それに御三家を含めた重鎮たちで、短い話し合いが始まる。

結論はすぐに出た。

「国民よ！　徹底抗戦である！」

「「うおおおおおお！！！」」

当然、無条件降伏など受け入れられない。なにより、現人神であるムテンを差し出すなど言語道断であった。

それに、籠城であれば、帝国軍の兵糧がなくなるまでなら、なんとか守り抜けるだろうという判断である。

もちろん、それは大型の転移門を使い、王国から食料や武具が供給できるという前提があればこそだ。

そうして、次の日から帝国との戦争が始まる。

連戦に継ぐ連戦だったが、ミズホの民は怒りから高い士気を維持する。

だが、帝国軍の攻城は想像以上に激しかった。

長い魔物との戦いで疲労していた問題だけでなく、帝国は魔物と違い、効率的に城攻めをしてくるからである。

例えば何百ものはしごで一斉に城壁を越えようとしたり、穴を掘って侵入しようとしたり、火攻めをしたり、水脈を断ち切ったり。

さすがのミズホ武士たちも、限界が近くなっていた。

それでも、敵の食料さえ尽きればと、無理を押して戦おうと決意している。

そして、帝国との開戦から五日ほど経ったときのことだ。再び空に例の女が浮かび上がる。

『皇帝陛下のご慈悲を足蹴にした、下等なるミズホ民よ。あなたたちは無駄な抵抗をし、帝国臣民を虐殺している』

とんでもない言い分だ。虐殺しようとしているのはどっちだと、ミズホ民たちは口々に叫ぶ。

『そんなあなたたちには、普通の死すら生ぬるい。今より、絶望を与えましょう』

それまで女だけが映っていた幻影の横に、新たな人物が浮かび上がる。いや、人物のような。

と言うべきだろう。

それは人のような手足を持った蜂……身体の表面に黄色と黒の縞模様が走り、嫌悪感を抱かせる。見知らぬ亜人とは思えない。

ノブナはゴールデンドーンとの交流期間中、爬虫類寄りのリザードマンを見たこともあったが、不思議と亜人だと理解できていた。

しかし、今浮かび上がる蜂の異形のことを同じ亜人だとはどうしても思えない。

蜂の化け物が、どこからともなくなんらかの魔導具を取り出し、それを天にかざすと、闇色に輝いたあと、崩れ去った。

なんらかの魔術攻撃を恐れ、ノブナやハンベエたちは身を固くしたが、特になにも起きない。

だが、女は扇子で隠しきれない嫌らしい笑みを浮かべ、大仰に腕を振った。

『それでは、己の愚かさを後悔しながら、死んでいきなさいな』

それで幻影は消える。ノブナは意味不明な行動に、思わず独りごちた。

「……なんなの？」

それに反応したわけではないだろうが、直後にくのいち猫獣人のチヨメが姿を現す。

「帝国軍に動きがあるナリよ」

「どう動いてる？」

「城壁から一定の距離をおいているナリ」

「包囲網を城から離したってこと？　どういうことなのよ」

その答えは、一時間もしないうちに判明する。

物見の兵士が叫んだ。

「ま、魔物が！　大量の魔物が集まってきています！」

「またスタンピードなのよ⁉」

たまたま、ノブナの近くにいたモトナリが続く。

「くくく。ちょうどいいではないですか。魔物と帝国軍が潰し合ってくれれば万々歳ですよ」

「それもそうなのよ」

だが、この二人の希望は打ち砕かれる。

魔物の大軍と帝国軍のあいだに、黄色と黒の縞を持つ、蜂の化け物が立ったことで。

蜂の化け物が、腕をゆっくりと地面と平行に上げる。真っ直ぐにミズホ神国を指さすと、それまでバラバラに動いていた魔物たちが、ひとかたまりになって城へと殺到したのだ。

帝国軍には目もくれず。

それに呼応するように、帝国軍は遠距離攻城攻撃を再開する。

この瞬間、ミズホ神国の敗北が決定したのであった。

ときには逃げることも、恥じゃないよなって話

帝国軍の総大将は、公爵であるドルガンデス・ドーラ・バルタークだが、帝国の兵士たちは知っている。真の総大将が誰なのか。

それは戦場に似つかわしくない豪奢な漆黒のドレスを身にまとった魔女。ベラ・バルタークその人であることを。

総大将が使うものより立派な天幕でくつろいでいるのは、もちろんベラである。

置いてある調度品も一級品。

何人ものメイドが、ベラの身の回りを世話している状況は、とても戦場とは思えない。

陶器製のバスタブが持ち込まれ、ベラは薔薇を浮かべた風呂に浸かっていた。メイドがせわしなく濡れガラスの髪に香油を塗っている。

そこに挨拶もなく入ってくる人影。

「ひっ⁉」

メイドが喉の奥で悲鳴を上げるが、ベラは冷たい視線を人影に向けるだけだ。

「貴方、女性の入浴中に失礼ではなくて？」

「人間のメスに興味はねぇよ。それより、状況がおかしいんだ」

「……戦争は殿方の仕事ですから、私に言われましても」

「いやいや。戦況の話じゃねぇんだよ。敵の反撃が目に見えて減ってってな」

ベラは嫌そうに眉をひそめる。

「ですから、それが殿方のお仕事では」

「敵が全く反撃をやめたって言ってもか？」

「今さら降伏するつもりなのでは？　許すつもりもありませんけれど」

「そういう感じじゃねぇ」

「……はぁ。お父様を呼んでください」

「あいよ」

蜂男は天幕を出ると、すぐにドルガンデスを連れてきたが、目はうつろで口からはよだれが垂れている。

「うーん。薬が効きすぎてんなぁ。与えすぎじゃねーの？」

「言うことを聞くならそれでいいのです。さてお父様、今すぐミズホに特攻して、様子を見てくださいまし」

「あ……う……様子……見る」

ドルガンデスはぶつぶつと呟きながら、兵士宿舎へと危なげな足取りで行ってしまった。

蜂男も肩をすくめて一緒に出て行く。

「まったく。誰も彼も使えないこと」

しばらくすると、蜂男が戻ってきた。どこか怒りを感じる。

「どうしましたか？」

「いねぇ！」

「は？」

「誰もいねぇんだよ！　人っ子一人な！」

「意味がわかりません。全員死んだのなら、貴方の希望通りでしょうに」

「ちげぇよ！　死体一つねぇんだよ！　煙みたいに全員消えちまった！」

「なにを馬鹿なことを」

「俺はな！　苦しんで苦しんで打ちひしがれ、絶望の表情を浮かべながら死んでいく奴らを見たかったってのに、これはどうなってんだよ⁉」

蜂男は興奮して、手近のマホガニー製テーブルを手刀で粉々にする。恐るべき威力だ。

メイドたちは恐怖に顔を青ざめ、部屋の隅でガタガタと震えている。

ベラは小さくため息を吐く。

「落ち着きなさいな。抜け道など探したのですか？」

「逃げられるとしたら、逃げ道か転移門だが、どっちも狭いから、この数日で国民全員逃げられるわけねぇだろ！」

「とにかく兵士に原因を探させなさい。あと、貴方はずっとこの国に潜入していたのでしょう？

もう一度心当たりを探してきなさいな」

「ふん。人間風情が偉そうに！」

「もうすぐお仲間になるではありませんか」

「けっ」

蜂男が吐き捨てるが、ふと動きを止める。

「いやまて。……そういや転移門を大きくしたって言ってたような……」

「転移門と言うのはなんなのですか？」

「離れた場所をつなぐ門だが……まさか本当に大型化したのか？　この時代の奴らが？」

ベラが深くため息を吐く。

「なんなんですかいったい」

「大量の人員すら移動出来る大型の転移門があるとでも？　……もう一度調べてくる」

「それがよろしいかと」

そこらの物に八つ当たりしながら、蜂男がようやく出て行く。

「国民などどうでもいいのですよ。あの憎きカイルさえ捕まえられれば」

しかし、カイルはおろか、ミズホの住人も人っ子一人、見つからないのであった。

◆　◆　◆

そんな様子を陰から窺っている、猫獣人の姿があった。

『聞こえたナリか？』

くのいちチヨメが通信の魔導具で、ゴールデンドーンのカイルに報告をする。

「ええ、チヨメさん。それ以上そこに潜むのは危険です。今からは離れて帝国軍の監視をお願いします」

『了解ナリよ』

チヨメは慎重に帝国軍の後方テントから離れていった。

報告を受けているのは、エリクシル城の作戦室に集まっているカイルの重鎮。もちろん俺もいる。

国王であるヴァンやバティスタ爺さんなども勢揃いである。あとなぜかジタロー。たぶん精神感応指輪を持っているからだろう。

それに内緒で俺の弟分になった、現人神ムテン・イングラムと将軍シンゲンに御三家当主。あとノブナだ。

ノブナがいる理由は、チヨメに精神感応指輪……通信の魔導具を渡すのに、主人であるノブナにも渡しているからである。

なお、魔導具を持たされている生産ギルドのプラムとリザードマンのシュルルは呼ばれていないし、情報の共有もされていない。プラムは当然だが、シュルルたちには開拓任務に集中して欲しいからだ。

……ますますジタローの立ち位置がわからんが、ヴァンに気に入られているのが一番の理由かもな！

「チヨメさんには危険な任務を頼みましたが、おかげで貴重な情報が手に入りました」

カイルがチヨメの無事に安堵しながら、身体の力を抜いた。

続いて、国王のヴァンが偉そうに腕を組む。

「ミズホ神国から、緊急で国民全員の避難を打診されたときは焦ったが、間に合って良かったぜ」

「陛下。お言葉遣いが乱れております」

「かー！　ザイードはかてぇなぁ！　ムテン様もシンゲン殿も構わんと言ってるだろうに！」

「しかし……」

さらに注意しようとするザイードだったが、ムテンがわずかな笑みを浮かべて遮る。

「ふふ。構いません。私も堅い口調を続けるのは大変ですから。シンゲンも同じですよ」

目の見えないムテンだが、瞳を閉じたまま紅茶を口にする姿は気品溢れる。

シンゲンが頷いた。

「うむ。我らを受け入れてくれたヴァインデック陛下には、ぜひ友のように接して欲しいと思うておる」

「……わかりました」

そこまで言われて、ようやくザイードが引く。それにしてもザイード兄ちゃんもぶれないね！

あと、シンゲンとヴァン。脳筋同士で気が合うの知ってるからな！

「ノブナの配下に危険な任務を押しつける形になったがな」

「陛下。これはもともとミズホの問題。むしろ誉れある任務をあたしの配下に下してくださり感謝しております」

「そう言ってくれると助かる。転移門の破壊と情報収集。戻ってきたら勲章を用意しておこう」

「ありがたき幸せ。ですがチヨメには帝国軍の動向を探る任務が残っております。それが成功した暁に名誉を頂戴いただければ幸いにございます」

「ああ。もちろんだ。それにしてもミズホの密偵……忍とか、くのいちとか言ったか。恐ろしく優秀だな」

　ヴァンに対して、今度はシンゲンが答える。

「うむ。チヨメはミズホ一の忍よ」

「こちらも見習わなくてはな。……さて、今後帝国はどう動くと思う？」

　即座にチヨメの父、ハンベエが持論を披露した。

「チヨメが盗み聞いたかぎり、敵の総大将はカイル様に強い恨みを持っているようですから、やはりここゴールデンドーンに攻め入るのが濃厚かと」

　次にオブライエン家の当主であるモトナリも続く。

「くくく。まぁ間違いないでしょう」

「ふむ。ではそう仮定して、敵軍はどの程度の期間でここに来ると思う？」

「くくく。相手は軍隊です。魔物に襲撃されないと仮定して、どんなに早くても三ヶ月と言ったところでしょう。普通に考えたら食料に困らなくても四ヶ月ですね」

　凄いな、このモトナリっておっさん。即答だよ。

「よし。では二ヶ月をめどに、ゴールデンドーンの防衛強化に全力を尽くせ。その頃に王国軍も派遣できるようにしておく。カイルは設備と兵力の増強に努めよ」

「承知いたしました」

カイルに続いてシンゲンも立ち上がる。

「もちろん我らミズホの武士も参戦させてもらおう！」

「期待している。では、しばらくはカイルとザイードに任せる。俺は王国の運営もあるからな」

「ならば、いいかげん執務も王国で執行してはいかがでしょう？」

「う……いいんだよ。ここの方が情報が早い」

「はぁ。まったく」

マジでザイードぶれねぇな！

ここで王都側の人間が執務室へと移動を始める。出て行こうとしたヴァンが、足を止めジャビール先生に振り返った。

「ジャビール。貴様が戦争を嫌っているのは知っているが、今回は明確にこちらに大義がある。カイルに協力してやってくれ」

そういえば、ジャビール先生は帝国出身なんだよな。そう命令されても素直に頷けないのでは。

「う……む」

「なに、面倒なことは弟子に押しつければいい」

なぜかヴァンが俺にウィンクを飛ばす。やめろ！　気色悪い！

「私なりでよければ、協力するのじゃ」

「それでかまわん。任せたぞ」

なんでそこで、先生も俺を見るんですかね！

苦労の予感しかしないんですけど⁉

まぁ、カイルのためだから頑張るけどさ！

こうして、俺たちは防衛のために奔走を始めるのであった。

「おいらも頑張るっす！」

……まぁ、食料は大事だよね？　狩人さんよ。

人に語りたくない、過去ってあるよねって話

ドーン大橋完成式典。

大きな横断幕には、そう記載されていた。

祭りである。

こんな時期にやることかと言われそうだが、帝国軍と魔物の動きは鈍く、当面はこちらに来ない。

お偉いさん方には緊急事態でも、住民にとっては日常なのだ。ドーン大橋の建設には、ゴールデンドーン住民のほとんどが、何らかの形で関わっているのだから、完成式典くらいやらないと、住民から不満が上がるだろう。

さて、少々地理的な話をしておこう。

カイルの治めるエリクシル領の行政都市であるゴールデンドーンの北に、川幅が湖くらいある、それは巨大で長大な大河が東西に向かって流れている。

……最近、ドーン大河という名前がつけられたので、以降はこの川のことをドーン大河と呼ぶ。

もちろん名付けたのは国王陛下であらせられるヴァンの野郎だ。

むしろ最近まで名前がなかったんかいと突っ込んだら、今まで誰もまともに到達していない場所で、実態調査もしていない川なんぞに名前などつけん。と返されてしまった。

それもそうか。

とにかく、他国との行き来を大幅に困難にしていた難所の一つであるドーン大河を渡す橋が出来たのだ。これが歴史的快挙なのは間違いない。

そうジャビール先生に教わった。

いや、俺もある程度はわかる。凄い橋だって！

「馬鹿者。なにもわかっておらぬのじゃ！」

「あれ？　口に出てました？」

「ダダ漏れなのじゃ」

ぬーん。俺って時々、内心が漏れてるらしいんだよな。気をつけねば。

「ドーン大橋完成には、二つの歴史的快挙が含まれておる」

「一つは……その規模ですかね？」

「そうなのじゃ。歴史上類を見ない大規模建造物であり、施工困難で複雑な流れの大河上に建設された世界最初の建築物でもあるのじゃ」

ジャビール先生は「おそらく」と前置きした上で、単一の建築物としては、世界最大だろうとのことだ。

馬車が一〇台は横に並べそうな幅の橋が、水平線の向こうまでずっと延びているのだ。そりゃあ、凄まじい規模だろう。

ゴールデンドーンに移住してきた大半の人数を全て割り当てただけではなく、転移門を使って王都からも大量の労働者を呼び込んだおかげで、おそらく五〇万人以上の工事規模だったはずだ。

錬金硬化岩とリーファンの技術。冒険者ギルドの護衛など、さまざまな要因が合わさったことで、建設スピードが加速。結果、一年も掛からずに完成したのだ。

「ドーン大橋が凄いのはわかりますが、もう一つの歴史的快挙ってなんです？」

「さっき自分でぶつぶつ言っておったではないか。特殊な手段を使わずとも、他国と行き来できるようになったことなのじゃ。もちろん渡った先にいくつもの難所はあるのじゃが」

「なるほど。それでも地続きですもんね」

「うむ。今は水分蒸発薬を使った、蒸気機関で動く蒸気船もあるが、それまではこのような大きな川を渡る手段など皆無であったのじゃ」

「魔法とかならなんとかなりませんか？」

「うむ。じゃから、他国との連絡は、それらを魔法などで解決できる一部の冒険者や王国の精鋭などが請け負っておったのじゃ」

「ああ、なるほど」

他国の話ってほとんど聞かないよなー、とは思っていたが、考えてみたら当たり前だわ。

「その例外の一つが、カイル様の父上である、オルトロス・ガンダール・フォン・ベイルロード辺境伯なのじゃ」

俺は式典に集まっているまわりの人に聞こえないよう、先生の耳に顔を寄せた。

もっとも、お祭りの喧噪で、他人に聞かれるとは思わないが。

「ちっ！　近いのじゃ！」

「辺境伯が竜騎士であるのは、基本的に秘密なんですよね？　空を飛ぶような例外がなければ、他国との行き来は難しかったと」

ジャビール先生が耳をおさえて、俺から飛び退く。

「み、耳はダメなのじゃ！」

なにがダメなんだろう？

「えっと、とにかく特殊な手段がないと、国家間の行き来は難しいと……。あれ？　数年に一度、学会とかいうのが開かれてるんじゃ？」

先生が片耳をおさえながら、俺を睨め上げる。

「うむ。私が作った仕組みじゃが、そりゃもう大変だったのじゃ。三大国である、マウガリア王国、デュバッテン帝国、ゼビアス連合王国の有識者が一同に揃ったのは、実はたった一回なのじゃ……」

「え!?」

さすがに驚く。てっきり数年ごとに集まってるのかと。

「そのときはデュバッテン帝国で開催したのじゃが、帝国まで要人を守りながら移動することが……どれほどの困難か、辺境開拓をしていた貴様にならわかるじゃろ」

「……想像を絶する危険で長い旅になりますね」

「マウガリア王国は、例の方法で宮廷錬金術師筆頭のバティスタがやってたのじゃ。まぁ学会での発表のあと、私に弟子入りしたんじゃがの」

「さすが先生です」

ふふんと、ない胸を張っている姿は、なんだか微笑ましい。

「……なんぞ失礼なことを考えておらんか？」

「滅相もない！」

言葉にしてないよね⁉

ジャビール先生がため息交じりに続ける。

「まあいいのじゃ。ゼビアス連合王国からは宮廷魔導師次席のマルグレットという魔女が参加したのじゃ」

「魔女、ですか？」

「うむ。魔女の紋章。色つきじゃから、非常に強力なのじゃ。魔術師と錬金術師を併せ持ったような能力らしいの」

「それはレアですね」

うむと先生が頷く。

「能力は間違いなく優れておったし、実力もたしかなのじゃが……」

そこで言い淀む。

「まぁ、能力と性格は比例しないという事例だったのじゃ」

「なにかあったんです？」

「思い出したくもないのじゃ！」

吐き捨てるように叫ばれたので、よほど思い出したくないらしい。

「本当にマルグレットの奇行には困らされたのじゃ！」

「気になります」

「まぁ……いろいろなのじゃ。彼女を護衛していた冒険者も、大概じゃったがのう」

「帝国までの難所をいくつも越えるとは、よほど優秀だったんでしょうね」

「うむ。マルグレットを護衛していたのはＡ級冒険者だったのじゃ」

「え⁉　Ａ級ですか⁉」

それは凄い。いろいろな政治的理由から、Ａ級はほとんど認定されないってのに。

レイドックに匹敵する実力ってことか。いや、逆にそのくらいじゃなきゃ、遠い連合王国からやってくることなど不可能だったろう。

「えらいイケメンで、パーティーは女で固めておったの」

「もげろ」

思わず反射的に出てしまった。先生は苦笑して肩をすくませる。

「学会自体は大変有意義だったのじゃが、いかんせん開催自体が困難での。それ以降は論文を送り合う形となったのじゃ」

「それはしょうがないですね」

人を護衛して移動するより、書類を運ぶだけの方が、難易度は低いからな。

Ａ級冒険者を毎度派遣するのは、国防的にも予算的にも大変だろう。

「うむ。討論自体は非常に素晴らしかっただけに、再び開催したいものじゃ」

「大丈夫ですよ」

「うむ？」

首を横に振っていた先生が、俺の言葉に顔を上げる。

「ここゴールデンドーンは三国のほぼ中心です。ドーン大橋も完成しました。蒸気船もあります。あとは街道が整備できれば、今までと比べたら比較的行き来は楽になるでしょう。帝国軍を打ち破って、再度平和条約でも結べたら、また開催できますって」

先生がほうっと感心した様子を見せた。

「なるほど、貴様も少しは頭を使えるようになったのじゃな」

「あの、一応錬金術師ですからね？」

「精進するのじゃ」

なぜだろう、微妙にディスられた気がするんだけど？

俺が首を傾げていると、いつの間にか合流していたリーファンに突っ込まれた。

「日々の行いだと思うよ？」

解せぬ。

「それよりそろそろ式典が始まるよ！」

「お、いよいよか」

橋には長い飾りテープが渡されている。

カイルの演説のあと、テープカットがされるのだが、そのうちの一人に、俺とリーファンとジャビール先生が選ばれている。

また、大橋建設に多大な貢献をしてくれた、ミズホ神国からシンゲン将軍も招かれた。

他にもいろいろなお偉いさんが呼ばれていたが、ほとんど面識はない。どうも出資してくれた貴族たちらしいのだが、その辺はザイードが対処していたらしいので詳しくは知らない。

もちろん国王陛下であるヴァンもいる。

だが、今回はカイルが主役なので、ヴァンは招かれた立場ということになっているらしい。

ヴァンの野郎、ほぼ毎日城にいるから、招かれたって言われても違和感しかないけどな！

場所が違えば、考え方も違うよねって話

ドーン大橋の前に、大勢の住民が集まっていた。

ゴールデンドーンに最初の市壁が完成したとき、ドーン大河は街から少し離れた位置にあったのだが、日々拡張される街の規模に、現在はドーン大河のほとりまで街が拡大されている。蒸気船の停泊する港なども内包するため、かなり広い範囲がドーン大橋を中心に新しい壁内の領域となっていた。

大量に流入する移民や難民に仕事を与える意味でも、市壁と大橋の建設に大量の人員を配置した結果、この短い期間で国家規模の工事が終わったことになる。

錬金硬化岩が大きな貢献をしたのはたしかだろうが、この辺境開拓を大きく進めたのは、ゴールデンドーンの住民全員の力だ。

また、集まっているのは領民だけではない。避難してきたミズホ神国の民もいる。

難民としてゴールデンドーンに受け入れたのだが、ミズホの職人は腕利きばかり。それだけではなくミズホの住民も器用で真面目な者が多く、大橋建設の短期完成に多大な貢献をしてくれたのである。

ミズホ民のほとんどが大橋建設に従事したことで、ゴールデンドーンの住民ともすぐに打ち解けたのは、嬉しい誤算だった。

カイルが大橋の前に出ると、住民から割れんばかりの歓声が上がる。

近くにいたエヴァが、カイルの声をゴールデンドーン中に届くよう〝広範囲拡声〟の魔法を使う。

俺のオリジナル魔法だと思っていたが、賢者《ワイズマン》の紋章を得たエヴァは、普通に囁きから使えるようになったそうだ。

カイルは格式張った挨拶から始め、出資してくれた貴族などの名前を出しながら、謝辞を述べていく。

続いて国王陛下のヴァンが、エリクシル開拓伯を賞賛し、勲章を与えた。

炎竜翼勲章とヴァンが口にしたとき、参列していた貴族たちが悲鳴と勘違いしそうなほどの声を上げ、動揺していたのが気になったので、あとで聞いたら、公爵ですらまずもらえないほど、大変名誉な勲章だったらしい。

うん。カイルなら当然だね！

叙勲が終わると、再びカイルが壇上に上がり、貴族として領主としての挨拶を終える。そして、領民に対しての演説が始まった。

『エリクシル開拓伯領民だけではなく、領地に住まう方々の全てに、私は心より感謝しております。数ヶ月前に突然発表した、帝国軍の侵攻に対する防衛の強化という難題に対して、全力で支援してくれた皆さまを誇りに思います』

それまで貴族などに対する謝辞だったので、住民たちは「ふーん」と聞いていただけだったが、直接彼らに対して感謝を述べると、途端に住民たちが沸き立つ。

　歓喜の声が雲まで届くほど、響き渡った。

『このエリクシル領は、危険な辺境に作られた街です。ですが皆さまのおかげで、安心して暮らせる都市となりました。ですが、辺境開拓はまだまだ続きます』

　そうだな。ゴールデンドーンは何重もの市壁に守られた素晴らしい都市となったが、少し離ればまだまだ危険な魔物の領域が広がっている。周辺だけ開拓して終わりなどではない。

『本日エリクシル領は、大きな転換期を迎えました。それは、不可能と言われていた、ドーン大河に橋を渡したことです！』

　わあああああ！　と住民が沸きまくる。

『この日を迎えられたのも、領民だけでなく、ミズホ神国の民の力もありました。心より、皆さまに感謝いたします！』

　ゴールデンドーンそのものが揺れているかのような、大歓声が青空に響き渡った。

　皆の興奮が覚めやらぬ中、司会進行のザイードが出てきて皆を黙らせると、住民たちが不満げに声を抑えていく。

　ほんとこういう悪役が似合うな。

　ある程度静かになってから、ザイードが式典を進める。

『それでは、これからテープカットを行う』

　ヴァンを先頭に、貴族たちが長く張られたテープの前に並んでいった。ほぼ最後尾で、俺とリーファンも続く。

カイルは俺を隣に配置したかったようだが、さすがにザイードに却下された。

気持ちは嬉しいけど、貴族連中を差し置いて、ヴァンとカイルの隣とか無理だからね！　ザイード、ナイス判断！

全員にお盆で運ばれてきたハサミが配られると、ファンファーレが鳴り響く。

事前に練習していたタイミングで、ハサミを入れると、音楽が最高潮となり、歓声もクライマックスを迎えた。

笑顔で溢れるたくさんの住民を見て、これからも頑張ろうと決意するのであった。

◆◆◆

本来なら、完成式典ではなく開通式典になる予定だったのだが、帝国軍が進軍している今、橋上でのイベントはまずかろうと中止になったのだ。

リーファンがため息交じりに愚痴る。

「マラソン大会とか、屋台とか、いろいろ考えてたんだけどねぇ」

ちょうどこちらに近づいていたノブナが会話に参加した。

「あら、そんな予定があったのよ？」

「うん。橋の長さが、ちょうど普通の馬車で一日くらいの距離だから、体力自慢の足自慢たちなら、半日くらいで往復できると思ってたんだ」

世間一般の馬車で一日の距離。ゴールデンドーンで育てて売り出している馬なら半日から数時間くらいだろうか。

人の足ならゆっくりで二日ってところだろう。

「改めて聞くと、とんでもない距離の橋なのよ……」

「みんなで頑張ったからな。それに一般向けの開通式は延期になっただけで、帝国軍を追い払ったら開催するさ」

「負ける気はないのよね？」

「そのために準備してるんじゃないか」

「ミズホ神国も協力は惜しまないのよ」

「当てにしてる。それより、市民の暮らしはどうだ？　不満は出てないか？」

避難してきたミズホの住民は、難民と同じ扱いとし、市壁に沿って建てられた高層集合住宅に住んでもらっている。

もともと万単位の空き部屋があったのだが、さすがに小国とはいえ、住民全員が避難してきたので、最初の頃は部屋が足りず、何割かは城の大広間に雑魚寝してもらうことになったのだが、そのときのミズホ住民の反応が凄かった。

住民のほとんどが、屋根があるだけでありがたいと、大部屋に行こうとするのだが、それをノブナたち武士が「大部屋は私たちが使う、そなたらは部屋を借りろ。皆を守るべき我らは敗残兵だからな。本来は野宿がお似合いだ」と凄いことを言い出す。

それに対してほとんどの住人が「なにをおっしゃいますか！　武士さまは私どもを生かしてくれたではありませんか！　我らは生きていただけで満足でございます！　どうぞ武士さまこそ、ゆっくりとお部屋で療養してくださいませ！」と、押し問答が始まったのである。

いやはや、ほんとミズホの住民は凄い。結束力の高いゴールデンドーンの住民だって、同じ立場になったらさすがに少しは非難が出るっての。

結局武士が折れず、大広間で雑魚寝が始まり、住民を高層住宅に無理矢理押し込むことになった。

四人住まいを想定した部屋に十人以上住むなどだ。

現在は高層住宅の増築が終わり、全員を普通の状態で部屋に割り当て出来ている。

「不満なんて出てないのよ。そもそも市民の大半は長屋っていう、小屋みたいな集合住宅に住んでたんだから、むしろ部屋が広くなったって喜んでるのよ」

「移民用の部屋はかなり狭いだろ？」

さすがに無料で貸し出す部屋なので、一人部屋などはかなり狭い。

「それでも、長屋の部屋より少し大きいみたいなのよ。なにより水道が使えて、各階にトイレまであるのだから、全員驚いてるのよ」

「そうか、不満がないのなら良かった」

「不満ではないけれど、故郷に帰りたいって話はよく聞くのよ」

リーファンが悲しそうな顔をする。ノームの開拓村がヒュドラに滅ぼされたことを思い出したのだろう。

「ああ、大丈夫なのよ。皆、故郷に帰るために、帝国を根切りにするんだって張り切って、建設作業とか頑張ってたでしょう？」

「根切り？」

「皆殺しって意味なのよ」

「怖っ⁉　さすがに皆殺しはやめようぜ⁉」

「敵を殺しに来たんだから、自分も殺される覚悟は当然してるはずなのよ」

「いや！　あいつら自分が負けるとか考えてないと思うよ⁉」

やばい！　ミズホ住民は礼儀正しく、器用で、働き者だけど、戦いに関するところだけ、圧倒的に野蛮だよ！　リザードマンたちより喧嘩っぱええ！

「もちろん帝国軍は倒すけど、カイルは皆殺しなんて考えてないと思うぞ⁉」

「カイル様は本当に優しい方なのよ。みんなには伝えておくのよ」

「絶対に言い聞かせてくれよ！」

その後、きちんと周知されたようだが、さすがにびびったぜ。

ミズホ神国……うん。絶対敵にしちゃダメな国だわ。

俺は小国で長く存続してきた国の怖さを知ったのであった。

戦略家の考えなんて、わからんよなって話

ゴールデンドーンの防衛は、大きく三段階に計画がされた。

一つはドーン大河を渡す橋の建設。これは先日完了したところだ。

一つは橋の対岸に、砦を建築すること。これは現在急ピッチで進めている。大橋の建設と同時進行で、蒸気船で物資をピストン輸送していたので、こちらもじきに工事は終わる予定だ。

最後が市壁の強化と延長。特に川沿いに市壁を張り巡らせることを優先している。こちらもまもなく完了予定。ミズホ住民たちが参加してくれなかったら間に合わなかったかもしれない。

橋の完成が予想より大幅に早く終わったので、現在新たにもう一つの迎撃箇所を構築することになった。

それは街の北側で、橋とのあいだの広いスペースで、ちょうど完成式典をやった場所である。

城の位置は街の北東になるので、その北門側のスペースがよく見下ろせる。

カイルの執務室の窓から眺めていると、コカトリスが押し寄せてきた時を思い出す。あの頃は北門の外側は大河までただの原っぱだったが、今はいくつもの市壁に囲まれ、石畳で整地されていた。

「なあカイル、ここを防衛拠点の一つにするって言ってたが、対岸の砦で持ちこたえられるんじゃないか？」

ドーン大橋の対岸に建設中の砦も、大概な規模である。帝国が来ることがわかってから再設計したので、完全に軍事拠点として作られているため、防衛力はかなりのもんだと思う。

「砦を避けられて、川から橋に登られる可能性がありますからね」

「あーそうか。魔物はともかく、人間の兵はそのくらいの頭があるか」

「はい。もっともそれも狙いの一つですけれどね」

「……守りの堅い砦を避け、大橋上に集結した敵軍が、ゴールデンドーンの北門側にたどり着いたところを一網打尽か」

「はい。ここまで攻めてきたのなら……容赦はしません」

俺は驚いてカイルに振り返る。

どうも俺は少しばかり、カイルのことを過小評価していたらしい。カイルの目つきは、領地を守る領主の瞳だったからだ。

もちろん人死には可能なかぎり避けるつもりで、全員が防衛計画を立てているが、ミズホを滅ぼそうとした連中だ。敵の出方次第では容赦しない。

アルファードが先頭に立って作戦立案しているから、任せておけば安心だろう。個人の武力ではレイドックとそのパーティーメンバーに軍配が上がるが、戦略、戦術レベルになれば、アルファードほど頼れる奴はいない。

「さて、それじゃあ俺はアルファードの作戦通り、各地点に連絡と納品に行ってくる」

いろいろ作らされてきたが、カイルから渡されたアルファードの指示書を見て、なるほど、こう使うのか……エグいな！　と思ったのは内緒である。

俺はそれから指示された錬金を終え、各防衛地点を回るのであった。

◆　◆　◆

最初にやって来たのは、ドーン大橋を渡った先に建設中の砦である。

現在ドーン大橋は一般人の出入りを禁止しているため、軍人かその雇われしかいない。なのでブラックドラゴン号を全力で走らせれば、あっという間に到着だ。

この砦を突破できないかぎり、通常の手段では大橋を渡ることは出来ない。先ほどカイルと話していたように、川上から水上に出て、いかだなど使って、直接橋に取り付くことは可能だろう。だが、水面と橋のあいだには高さがあるし、砦から見つからないくらい岸から離れた深みだと、流れが速い。橋脚に取り付けなければ、止まることも出来ず、下流に流されていくだろう。

実質的に、この砦が最大の防衛地点となるのは間違いない。

俺は陣頭指揮を執っているアルファードの所へ向かう。

「よう、お疲れ」

「来たか、クラフト」

「建設は順調のようだな」

「ああ、帝国軍につかず離れずチヨメ殿が進軍状況を教えてくれるからな、敵が来るまでには完成する」

「なんだかずいぶん時間が掛かってるよな。こっちからしたらありがたいけどさ」

「そもそも魔物と人間が共同戦線を張るなどというのが、無理筋なのだ。チヨメ殿によると、まず、魔物の大軍が、森や荒れ地を進む。そうして均された大地を、帝国軍がついて行ってるらしい」

「なんとまぁ」

ミズホの戦場で、蜂の人型魔物が確認されたが、チヨメの偵察時に確認された声と同一人物であろうと予測されている。

人間と同等かそれ以上の知識を持ち、会話し、魔物の群れを操る存在だ。危険極まりない。

魔物を先導させてるのも、蜂男の仕業だろう。

「しかし、人間の軍隊はまだしも、魔物は腹が減らないのか？」

俺の疑問に、アルファードが答えをくれた。

「それも確認されている。信じられんが、進軍するごとに、弱い魔物を呼び寄せ、強い魔物に食べさせている」

「マジかよ」

「進軍しながら、強い個体も少しずつ増えてるらしくてな、ここに到着する頃には、強個体の大軍になっているだろう」

「……洒落になんねぇって」

「進軍速度が大幅に遅れているのは、その辺も理由のようだな」

「人間の食料は？」

「それなんだが、どうもミズホに比較的近い場所に……といっても数日以上の距離らしいが、砦を建築していたらしい」

ミズホから数日の距離なんて、右を見ても左を見ても、危険な地域ばっかり……。

「ああそうか。魔物に襲われないなら、秘密裏に砦を建設するのも可能なのか」

「そういうことだ。まぁ、状況からそう見ているだけで確定ではない。チヨメ殿が砦と言う単語を兵士から盗み聞いただけで、単純に補給拠点かもしれん。どのみち、兵站が伸びきっているとはいえ、定期的にミズホ方面から食料が運び込まれているから、なんかしらの拠点があるのは間違いないだろう」

「さすがに帝国から補給なんてあり得ないもんな」

ミズホ周辺に、小国がいくつもあったのだから、事前にそういうところから買い集めていた可能性もある。

「そういや、ミズホに行く途中で、小国がいくつも滅んでたよな。魔物によって」

「ほう、いい着眼点だなクラフト。おそらく、魔物に都市国家を襲わせ、スタンピードの仕業だと周辺国に思い込ませた上で、人間が関与したとばれない程度の食料をかき集めていた可能性が高い」

「……ベラが指示したんかな」

カイルの義理の母親であり、呪いをまき散らし、ベイルロード辺境伯を荒らした張本人の名がポロリと零れる。

「カイル様の前で、その名は出すなよ？」

「わかってるっつの。しかし、なんでまたベラはカイルをあんだけ恨んでるんだ？」

アルファードがため息交じりに、首を左右に振った。

「まったくわからぬ」

「そりゃそうだな……」

「捕まえて、吐かせるだけだ」

どうやらアルファードに敗北という予想はないらしい。

「それじゃ、勝つために、頼まれてた物を出したいんだけど、なんで船便じゃダメだったんだ？」

アルファードの手紙には、ヒールポーションや万能薬などは蒸気船で運び、指定した物資だけ、俺の〝空間収納〟で運ぶように指示されていたのだ。

「こちらの隠し部屋に出してくれ。チヨメ殿が盗み聞いた中で、蜂男がミズホに潜入していたことを匂わせる下りがあっただろ」

「ああそうか、スパイ対策か！」

「どのような侵入方法か、予想できないからな。一部の信用ある部下以外に、この隠し部屋のことを知らせるつもりはない」

俺はなるほどと感心する。

蜂男本人が隠れていたのか、仲間の人間が潜んでいたのかまではわからないが、侵入していたのは間違いなさそうだった。ゴールデンドーンにも同じように侵入されているかもと考えが及ばなかったのは、帝国軍と魔物がまだ遠くを進軍していることからの思い込みである。

潜入部隊みたいなもんがあれば、すでに入り込んでても不思議じゃないんだよなと、気を引き締め直す。

俺は、隠し部屋に頼まれていた物資を搬入してから、アルファードに手を振ってブラックドラゴン号にまたがって、砦を離れようとしたところで、橋の向こうから、砂煙が上がっているのに気づく。

「ク～ラ～フ～ト～さ～ま～！」

「シュルル!?　なんで!?」

凄い勢いで走ってきたのは、リザードマン娘のシュルルだった。

▼戦争は、事前準備が大切だよねって話

馬上の俺に飛びついてきたのは、リザードマン娘のシュルルだった。

「うぇ!?　なんでシュルルがこんなところに!?」

「アルファードさんに呼ばれたからね！　でもこんなところでクラフト様と会えたんだから、これはもう運命だよ！」

絡むように抱きつくシュルルに、背後から一喝。

「シュルル！　言葉遣い！」

もちろんジュララである。

シュルルは人間に近い見た目の亜人だが、ジュララは同じリザードマンでもほぼ二足爬虫類という風体で、並んでいると兄妹とは思えない。

「ジュララまで来てたのか？」

いや、よく見れば橋上をたくさんのリザードマンたちがこちらに走ってきている。

「どうなってるんだ？」

俺の疑問に答えたのはジュララではなく、アルファードだった。

「私が呼んだ。よく来てくれた、ジュララ殿」

「お呼びにより、リザードマンの戦士一同参上いたしました」

ジュララがざっと片膝をつくと、慌ててシュルルも横に並んで膝を折った。

「クラフトは気にせず、出立してくれ」

「え？」

湿地を開拓しているはずのリザードマン戦士が勢揃いしているのだから、さすがに気になって話を聞きたかった俺を、アルファードが出発するように急かす。小声で耳打ちしてきた。

（シュルル殿に絡まれると面倒だろう。とっとと行け）

（……！　そうだな！）

「それじゃあ俺はこれで失礼するよ！」

「えっ⁉　クラフト様⁉　クーラーフートーさーまー！」

原液スタミナポーションをがぶ飲みさせ、普段は開拓用の荷車や、農耕馬として貸し出して鍛えているブラックドラゴン号を飛ばせば、いくらシュルルが素早くとも、追いつけない。

なんであいつらが最前線に呼ばれたのか少し気になるが、アルファードが呼んだのなら作戦のうちだろう。

俺は気にしないことにして、各防衛拠点を回るのであった。

◆　◆　◆

そして刻は過ぎる。

運命の日がやって来た。

帝国軍が、帝国軍が操る魔物の群れが、とうとうゴールデンドーンに接近してきたのである。

それは、時代の転換点を告げる、戦争の始まりだったのだ。

◆　◆　◆

前線に配属された帝国の下級兵が愚痴る。

「なんで俺たちが魔物と一緒にいなきゃなんねえんだよ」

横にいた別の下級兵が肩をすくめた。

「命令なんだからしょうがないだろ」

「んなことはわかってんだよ。魔物どもが襲ってこないのはわかってるが、気分が悪い」

彼らの少し前方に、魔物の大軍が待機している。それを見て下級兵が吐き捨てる。

「まぁまぁ、あのゴールデンドーンとかいう砦を落としたら、なにをしてもいいってベラ様がおっしゃってただろ」

そう。ベラは事前に、ゴールデンドーンで、全ての略奪行為を容認していた。

「ふん。それも気に食わない。総大将はバルターク公爵家当主のドルガンデス様だろう。なぜベラ様がそのような許可を出せる？」

「公爵様の体調が優れないから、代わりに指示をしているだけだろ」

「それなら副官が代理をするべきだ」

そんなことはわかっていると言いたげに、肩をすくめる。

「俺たちの任務は、魔物の監視だ。それさえ出来ればいいんだ」

「わかってる」

兵士二人が気合いを入れ直したところで、遠くから太鼓の音が響いてきた。

「進軍の合図だな」

「グズの魔物どもはちゃんと動くのか？」

「魔物がグズなのは認めるが、それは俺を疑うってことかい？」

「「え⁇」」

二人の会話に、突然割り込む不快な声。

振り向けば、そこにいたのは黄色と黒が目立つ、蜂の亜人であった。

「こ、これは参謀殿！」

「参謀殿！　失礼いたしました！」

下級兵二人が慌てて敬礼する。

「あー、そういう堅っ苦しいのはいらねーよ」

滝のような汗をしたたり落とす兵士二人。それも当然だろう、ベラがどこからか連れてきた、謎の亜人にして、参謀という地位についた人外。

亜人というにも違和感しかない、怪しげな男である。緊張するなと言う方が無理だろう。

「今からグズどもをあの砦に突っ込ませるから、グズどもが取り付いたら、本部に連絡してくれ。それがあんたらの仕事らしーぜ？」

「しょ、承知しております！」

「誠心誠意、任務を遂行する所存にあります！」

敬礼を一切崩さず、答える二人。

蜂男は特に反応せず、魔物に向かって手を大きく振った。よく見ると、その手には何かの魔導具が握られていたが、二人は見なかったことにする。

余計なことに首を突っ込めば、なくなるのは自分の命だと、本能で嗅ぎ取っていたからだ。

すると、それまで動きを見せなかった魔物たちが、一斉にゴールデンドーンに向かって移動を開始する。

実際にはドーン砦なのだが、この二人の兵士はそれを知らず、ゴールデンドーンそのものだと思っている。

それだけ、砦の規模が大きかったからだ。

なんであれ、いよいよ本格的な戦争が始まる。略奪を楽しみにしていたミズホ神国では肩透かしを食らっていたので、今度こそ美味しい思いをするのだと、下級兵は気合いを入れていた。

「んじゃ、あとは任せるわ」

蜂男は軽くそう言い放つと、背中の半透明の羽を広げる。

「え？」

驚く兵士を無視し、蜂男は音もなく本陣の方角に低空で飛んでいったのだ。

しばらく唖然としていた兵士が、ぼそりと呟く。

「あいつ、飛べたのかよ……」

参謀が神出鬼没だった理由を、初めて理解したのであった。

だが、いつまでもそんなことに気を取られている場合ではない。下級兵二人は、魔物からつかず離れずについていく。

「長い旅のあいだに、魔物どもは強い魔物ばっかりになったからな、あの分厚い壁を持つ砦も、そんなに時間が掛からず落ちるんじゃないか？」

「ああ。魔物はバカだが、力だけは有り余ってるからな。見ろ、あのサイクロプスが持ってる棍棒を。まるで大木だ」

「あんなので叩かれ続けたら、どんな城壁だっていずれ崩れるな」

「そしたら今度こそ、家族のために宝石やらの貴重品をいただけるって寸法さ」

「俺は彼女にプロポーズするんだ」

「待たせすぎて浮気してんじゃねーの？」

「不吉なことを言うんじゃねぇ！　俺は帰ったら幸せな家庭を築くんだよ！」

楽観的な未来像を語り合う二人。

だが、そんな願いは、すぐに崩れ去る。

魔物たちが突然、砦ではなく、森に向かって走り出したからだ。

「な、なんだ？」

「おいグズども！　どこに行くつもりだ！」

魔物に向かって叫ぶ二人だが、魔物を操る術などないのだから、叫んだところで止まるはずもない。

彼らに出来ることは、ただ、魔物のあとをついて行くことだけだ。

その先に、想像を絶する絶望があることも知らずに。

◆　◆　◆

「来たな」

小さく呟いたのは、リザードマンの戦士であるジュララだ。

「配置は？」

「滞りなく」

「いいか。絶対に焦って飛び出すな。クラフト殿を信じろ」

「もちろんですとも。俺たちの役目は罠の設置と、効果の確認。直接戦うことじゃありませんって」

ジュララが部下に指示を出していく。彼らは森の中の草木に溶け込むように隠れていた。

視線の先は、森の一部を切り開いて作った窪地である。

「もちろん、指示があれば、前線に立ってクラフトさんやカイル様のお役にたってみせますがね？」

「いい気合いだ。だが、今はその時ではない。皆にもう一度周知しろ。興奮しすぎの奴が何人かいるようだ」

「了解です、若」

こうしてリザードマンは人工の窪地のまわりで、息を潜めひっそりと隠れていた。

もちろん。

窪地に設置されたのは、クラフトとリーファンが作り上げた、魔物ホイホイである。

▼勝敗は、始まる前に終わってるよなって話

魔物の動きを報告する指令を受けていた、帝国の下級兵二人が、泣きそうな表情で突然暴走を始めた魔物を、必死で追いかけていく。

進軍中は鈍くて腹の立っていた魔物たちなのだが、本気で走られると、今度は二人が追いつけない。ありったけの罵詈雑言を叫びながら、ようやく魔物に追いつくと、そこは謎の空間であった。

「なんだ、ここ？」

「森を切り開いて、巨大な窪地を掘っていたみたいだが……」

森のなかにぽっかりとひらけた土地があり、そこは地面を掘り下げた窪地となっている。魔物たちはなぜかその窪地に密集していた。

「なんなんだこいつら、穴が好きなのか？」

「俺が知るか！　それより、これからどうするよ⁉」

「報告に戻るしかないだろ！」

「なんて言うんだよ⁉　魔物が突然大きな穴に密集しましたってか⁉」

とても信じてもらえるとは思えない状況だ。兵士の叫びも理解出来る。

だが、これが事実なのだから、二人は頭を抱えているのだ。

「ん？　なんだあれ？」

一人が何かに気づき、窪地の奥を指さす。

「あれは……巨大な金属の樽？」

「もしかして、ここにため池でも作る予定だったのか？」

「なるほど。それにしては窪地の規模と樽の規模が合ってない気もするが……」

「単純に建築途中で放棄したんだろ。俺たちが進軍してるのはわかってんだろうからな」

「それもそうか。で、破棄されたため池に魔物が集まった理由って？」

「だから、俺が知るか！」

二人がどのように報告するか、怒鳴り合っていると、魔物の様子がまた変わる。

「あん？　あいつら寝始めたぞ？」

「クソ！　今から戦争ってときに、のんき過ぎるだろ！　あのグズどもが！」

悪態を吐き散らす二人。だが、すぐに異常に気がつき始める。

「いや、ちょっと待て、なんか変じゃないか？」

「あん？」

「最初に寝てたのは間違いないと思うんだが……あれ、死んでね？」

「え？」

顔を見合わせる二人。お互い顔は真っ青だ。

「……か、確認する」

「大丈夫か？」

「そこの長い枝を使うさ」

下級兵が長い枝を使って、魔物を突くが、微動だにしない。兵士は思いきって、巨大な魔物のまぶたを、枝でこじ開けた。

「死んでる……やっぱり死んでる！」

「嘘だろ⁉　こいつら全部が⁉」

「知るか！　でも……」

「……ああ」

二人は決意して頷き合う。もはや信じてもらえるとかどうのという話ではない。

前線を担う予定の、魔物の一団が全滅したという異常事態を報告しなければという思いと、この場から逃げ出したいという渇望から、二人は全力で本陣に向かって走り出したのであった。

本陣に合流してから、彼らは知る。

いくつもの隠された窪地で、魔物が大量に死んだという事実を。

◆◆◆

帝国の、ある部隊長が視界の先にそびえる砦を、忌々しそうに睨んでいた。

兵士の大部分はあの砦がゴールデンドーンだと思い込んでいるが、部隊長は知っている。都市が大河の向こう側にあることを。

本来の予定であれば、この地点で大量のいかだを作り、鎖で繋ぎ、対岸へと渡る予定だったのだ。それが大河手前の巨大砦である。いくらミズホ神国からここまで半年以上の時間が掛かったとは言え、いくらなんでもこの規模の砦が完成していることが納得できなかった。

それだけではない。砦を迂回して、大河を確認した偵察部隊によれば、砦の背後には長大な橋が延びていると言うではないか。

湖より川幅が大きく、水深が深く、水の流れが複雑で、水棲の魔物が跋扈する大河に、橋を架ける技術など、帝国にも存在しない。

この大陸には、三大国と呼ばれるに相応しい国が三つある。

一つがゼビアス連合王国で、三国の中でもっとも新しい国だ。

もともといくつもの国家が乱立する地域だったが、西に存在するという魔物の巨大生息域に対抗するため、一つにまとまったらしい。

もう一つの国が、今攻め込んでいるマウガリア王国で、建国は二番目。

踏破不能の山脈と大河に囲われた広大な土地全てを、領土だと主張している強欲な王国だ。

実質的な支配領域など１％すらないだろうに、傲慢極まりない。

最後が我らデュバッテン帝国である。大陸の北東にあり、山脈と海に囲われた皇帝陛下の治める、世界最古の国家。

人類は一度ほぼ滅んだと言われているが、そんな中で格式と伝統を受け継ぎ、世界最高の魔法力と技術力を持っている。

部隊長は魔術師に遠見の魔法を使わせ、もう一度、敵の砦を観察した。

「……でかい」

まず、その規模だ。帝国の誇る帝城に匹敵する巨大さと、その帝城を凌駕する高さと厚みを持った城壁。しかもどうやって作られたのか、隙間すらない。

レンガや石を積み上げれば、どこかに隙間ができるものだが、それがないのだ。

短かったが、ミズホ神国に滞在したとき、城壁と市壁の一部が、同じように強固で継ぎ目のない壁になっていたことから、おそらくマウガリア王国から技術移転がされていたのだろうと予想できる。

継ぎ目や凹凸がないと言うのは、攻める側にとってはやっかいだ。よじ登ることが難しく、越えるためにははしごやロープなどの道具が必須になってくる。

部隊長はこの建材を考案した技術者を、内心で呪う。

「副官。背後の川からは攻められそうか？」

「川に沿って、かなりの壁が作られています。ただ、砦の背後に延びる巨大な橋の付近であれば、可能性はあります」

「ふむ」

バカ正直に、帝国軍で背後を攻めようとしたら反撃を喰らうだろうが、魔物に城壁を攻めさせ、敵の注意を正面に向けさせた上での電撃奇襲なら、可能性はあるか。

「上に進言してみるか」

「魔法や攻城兵器では、あの城壁を破るのは難しそうですからね」

「色つき紋章の魔術師でも、やはりあれは無理か」

「そう聞いています」

今回の遠征には、帝国の誇る魔導兵団の大半が従軍している。世界屈指の魔術師集団であるが、当然前線に押し出すわけにはいかない。

「魔物の数は激減しましたが、まだまだ数は残っています。参謀によると、残った魔物で砦を攻めさせるようなので、ミズホの時と同じように、まずは敵を疲労させると聞いています」

「……参謀は戦争の素人か？」

「は？」

部隊長は呆れるように首を振った。

「それは籠城戦の攻め方だ。砦の背後に、太っとい補給線が存在してるんだぞ？　増援も食料も運び放題の砦に、持久戦を仕掛けてどうする」

「た、たしかに」

「そもそも、ミズホで同じ失敗をしているだろう。なんらかの魔術具で、物資も人も輸送出来ていたからこそ、落ちなかったのだ。もっともあちらは城壁がここまで堅牢ではなかったから、総力戦になれば最終的に落とせただろうがな」

だからこそ、ミズホは国を捨てて逃げ出したのだ。その判断が出来、実際に行動出来る上層部がいるというのが、脅威を感じる。普通はそこまで思いきり良く、国を捨てたり出来ない。

問題は目の前の砦だ。帝城を上回る規模の砦を、どうやって落とせと言うのか。

「しばらくはお互い様子見が続きそうですね」

「そうだな」

頷いた部隊長だったが、すぐにそれが間違っていることを知る。

遠見の魔法で砦を観察していたのだが、先鋒の魔物が砦に取り付く前に、城門が開いたのだから。

「なに⁉」

そこから飛び出してくるのは、二足鳥に乗った武士たち。

「ミズホの武士どもだと⁉」

そう。どう考えても守り側が有利なこの状況で、打って出たのは、マウガリア王国側だったのだ。

一番槍は、ミズホ武士。

これぞ本懐。これぞ誉れ。

天に届くような士気で、鬼武者どもが魔物の大軍に突っ込んでいったのである。

反撃は、徹底的にって話

「ぐわはははははは！　我が槍の切れ味をとくと味わうがいい！」

ドーン砦から飛び出したミズホ武士の先頭は、一際大きな二足鳥にまたがる隻眼のシンゲンであった。

「父上！　せめて、せめて先陣だけはやめてくだされ！」

続くハンベエが、シンゲンを止めようとするが、名鳥にまたがるシンゲンに追いつかない。

「将軍自ら突っ込む阿呆がどこにいる！　貴様は最後尾に引っ込んでおれ！」

続いて叫んだのは、オブライエン家の家長であるモトナリだ。いつもの不敵な笑みすら引っ込んでいる。それに対してシンゲンが吐き捨てる。

「貴様こそ、頭脳担当が無理をするでないわ！　おとなしくマサムネと一緒に砦で留守番しておれ！」

御三家の一つ、セントクレア家の当主であるマサムネは、予備兵力として、カイルの兵と共に砦に残って、狙われるであろうドーン大橋を守る手はずだ。

「抜かせ！　一番槍の栄誉を、ムテン様に捧げるのだ！　くくく……これであの娘も惚れるに違いない……」

「なんぞ言うたか!?」

言葉の後半が聞き取れず、シンゲンが叫んだが、モトナリは無視する。親子ほど年の離れたノブナに懸想しているなど、知られたくはないからだ。

そしてモトナリの息子であるカゲタカも、ノブナに惚れているのだから、親子揃って迷惑極まりない。

その迷惑息子のカゲタカも、当然参戦している。

二足鳥を飛ばしながら、前髪をかき上げるが、全力疾走する騎鳥の上では意味がない。

彼はノブナに向かって叫ぶ。

「ふふふ！　このカゲタカ様がお前を守ってやるからな！」

砦から飛び出したミズホ兵部隊の後方に、ノブナとその弟であるカネツグ、それにカゲタカの三部隊が併走していた。

「カゲタカ！　貴方が守るのはカネツグの部隊なのよ！　役割を理解するのよ！」

「う……と、とにかくお前も守る！」

「ありがた迷惑なのよ！」

この三人が率いる部隊の説明をしておこう。

まず、カゲタカ・オブライエンの率いる部隊は、弓と刀を装備した一般的な武士によって構成されている。

人数は多いが、サムライの紋章持ちは少なく、ごく一般的なミズホ兵の部隊だ。カゲタカ自身もサムライの紋章を持つが、実力は普通。けっして弱くはないが、なんの特徴もない、量産型の武士である。

つまり、普通の部隊である。

もちろんミズホ兵そのものが精強であり、ゴールデンドーン滞在中に、スタミナポーションをがぶ飲みしながら鍛えたこともあり、王国の一般兵に比べれば、間違いなく精鋭なのだが、カゲタカはそこから逸脱していない。

ミズホの基準からすれば、本当に一般的な強さでしかなかった。

そんなカゲタカ部隊の任務は、カネツグ・ヴィルヘルムの率いるオンミョウ部隊の直掩（護衛部隊）である。

カネツグの部隊は、オンミョウジの紋章を持つ者で構成された、帝国で言うところの魔導部隊。式神という特殊な召喚術を使う魔術師の一団だが、当然肉弾戦はすこぶる弱い。

カゲタカはこの直掩任務を、大事なオンミョウ部隊を守る名誉ある任務だと思っていた。それ自体は間違っていないが、シンゲンとモトナリが想定しているカゲタカ部隊の役割は、肉壁である。そこに親子や人の情などは介在しない。

最後にノブナの部隊だが、少数での構成だ。

それも当然である。ノブナの持つオンミョウザムライの紋章という、レアな紋章と部隊戦力の均衡化を図るため、オンミョウジの紋章を持ちながらも、剣や弓で戦える強者ばかりを集めた、少数精鋭の部隊だからだ。

ノブナの部隊に与えられた任務は、この三部隊の指揮と、カネツグ率いるオンミョウ部隊の直俺であり、またオンミョウ部隊としての活躍も期待されている。

いざという時は、カゲタカの部隊を囮にして、カネツグ部隊ともども撤退するように密命まで受けていた。

そんなオンミョウ部隊に期待されているのは、攻撃ではなく防御である。

そして、すぐにその役目を果たすときが来たのである。

◆◆◆

シンゲン、ハンベエ、モトナリの三人が率いるミズホ武士の中でも精鋭の集まる部隊が、ドーン砦に迫る魔物の先頭集団に突っ込んでいく。

一番槍は、先頭を突き進むシンゲンの部隊。わずかに遅れてハンベエ、モトナリの部隊も戦闘に突入。周囲は一気に血生臭くなった。

「ぐわはははは！　なかなか骨のある敵ではないか！」

骨があるなどと言っているが、シンゲンが巨大な十文字槍を振るうたび、魔物が小枝のように斬られ、吹っ飛んでいく。

「ぐわはははは！　リーファン殿が打ってくれた硬ミスリルの槍は素晴らしいの！」

それは、カイルから贈られた武器であり、忙しい中リーファンが精魂込めて鍛造してくれた十文字槍である。シンゲンの体格に合わせ、一般の物より大型となっている。

「ちぇすとぉぉぉぉお！」

シンゲンと一緒に先陣を切るハンベエもまた、硬ミスリルの槍を振るう。こちらはリーファンの師匠であるヴェルンド製であるが、リーファンが打った物と遜色ない名品である。

「父上！　武器の性能だけではありませぬ。クラフト殿のシャープネスオイルの威力も素晴らしいかと！」

当然と言えば当然だが、全ての兵にシャープネスオイルが支給されていた。オリハルコン製の武器にはほとんど効果がないが、ミスリル製の武器であれば、シャープネスオイルは十分威力を発揮する。

だが、一番恩恵を受けているのは追随する武士たちだろう。

彼らの持つミズホ刀は素晴らしい切れ味を持つが、所詮は鋼製。鉄としては最高度を誇るが、どうしても限度はある。それがシャープネスオイルを塗ることで、切れ味が大幅に増し、結果的に刀にかかる負担が減ることで、その切れ味を戦闘中ずっと維持できるのだ。

ハンベエは部下たちが魔物を紙のように切り伏せている光景に、凶悪な笑みを浮かべる。

「ぐわはははは！　やんちゃをしていた頃の顔つきに戻っているぞ、ハンベエ！」

「あまり黒歴史を掘り返されたくはありませぬが、今だけは若かりし頃の衝動が抑えきれませぬゆえ！」

「良き！　存分に暴れるがよかろう！」

「応！」

今でこそ、冷静沈着で苦労人の代名詞のようなハンベエだが、彼がノブナくらいの年齢だった頃は、手の付けられない暴れん坊だったのだ。

やんちゃだった頃を指摘され、少しばかりバツの悪いハンベエではあったが、久しぶりの大規模戦場で、ずっと防衛ばかりだった不満もあり、その血は極限まで高ぶっていたのである。

そんな暴れん坊二人に少し遅れて続くのがモトナリ。彼はシンゲンに指摘されたとおり、武よりも知に重きを置いた武士である。

だが、カゲタカと違って武士としての能力も高い。魔物を切り伏せながらも、俯瞰しているかのごとく戦場を把握していた。

「くく……左の突破力が弱いな。ハンベエの阿呆め、視野が狭くなっておるわ」

モトナリは呟きながら部隊を左に寄せ、攻撃を厚くしていく。

そんな中、魔物に傷つき、落伍者が出ていることに気づく。もちろんシンゲンもハンベエも気づいているのだろうが、無視している。

「ふん。私に任せると言うことか。まったく……」

文句を言いながらも部下に指示を飛ばす。

「負傷者を見つけ次第、ヒールポーションをぶっかけるのだ！　かすり傷でもかまわぬ。残量は気にするな！　これは命令である！」

部下が即座にヒールポーションを湯水のように使うことで、一人の脱落者も出さず、負傷者が全員すぐに戦線へと復帰していく。

それを見て、モトナリは戦慄する。

ミズホ神国に錬金術師は少ない。しかも帝国や王国と比べると、その技量は圧倒的に下だ。だから、回復薬などは貴重品で兵士が使うことを許されていなかった。

「まったく……あの阿呆どもは、これがどれほど異常なことかわかっているのか」

モトナリは戦争準備を思い出す。ドーン砦に備蓄されているヒールポーションの量は、ミズホ神国の基準で言えば数百年分にも及ぶ量だったのだ。

しかも、足りなくなったらすぐに大橋経由で補充できるというのだから、その驚愕のほどは知れない。

「黄昏の錬金術師クラフト……恐ろしい男よ」

戦略を戦術レベルで軽くひっくり返す錬金術師のことを思い、モトナリは一人背筋を凍らせるのであった。

ミズホの防衛戦時と比べて、魔物は強くなっていた。

進軍しているあいだに弱い魔物は淘汰され、強力な魔物ばかりが残っているからである。しかも、それが数十万という大軍なのだから、普通に考えたら勝ち目などない。

帝国軍の率いる魔物は、弱くてもサイクロプスレベルなのである。冒険者殺しと言われたサイクロプスが最低レベルというのは、もはや悪夢以外の何ものでもない。

だが、それがまるでゴブリンの群れのように引き裂かれていくのだ。それはマウガリア王国ではなく、デュバッテン帝国にとっての悪夢だろう。

前線指揮の一人である部隊長が、信じられない光景に目を剥いていた。

「バカな……バカなバカなバカな！　ありえん！　今の魔物どもは強個体の群れなんだぞ！　それが……それが！」

もちろん、魔物の数を考えれば、いかにミズホの武士どもが異常に強いと言っても、連隊程度で全ての魔物を駆逐できるわけではない。それでも部隊長は得体の知れない焦りを拭いきれないでいる。

「あのミズホ兵どもは、早めに片付けておかねば危険だ」

部隊長は、即座に司令部へ魔導部隊の魔術攻撃による敵殲滅を申請した。

◆　◆　◆

デュバッテン皇帝の魔導兵団団長であるメルデュラ・デュラスも、今回の遠征に従軍していた。

魔導兵団の大半を連れてきた、魔導部隊の部隊長でもある。

現在魔導部隊は魔法陣を大急ぎで描き込んでいる最中であった。

「ええい！　なにが魔導部隊の出番はしばらく先だ！　戦端が開いて、半日も経っていないではないか！」

メルデュラは悪態を吐きながら、大急ぎで巨大な魔法陣を、魔力を込めながら描いていく。彼の弟子でもあり部下たちも、必死になって描き込んでいた。

「念のため到着してからすぐに描き始めていて良かったわい。脳筋どもは魔法陣が簡単に描けるものだとでも思っているのか⁉」

彼らが今描いているのは、集団儀式魔法用の魔法陣である。複雑で完成させるまで時間が掛かるのだが、軍隊の偉いさんどもが、いきなり極大魔法を使えと、何度も使者を送ってくるのだ。

「だいたい、集団儀式魔法は数日に一度使えるかどうかの切り札で、攻城に使う予定だったろうに」

メルデュラは手を止めずに、怒りをそのまま口にする。まわりの弟子に聞かせているのか、独り言なのか判別がつかない。

メルデュラは、魔術師の割に厳つい顔立ちをしているため、怒ると顔がとても怖いのだ。

「上の奴らには、集団儀式魔法の利点と欠点を散々教え込んだというのに、あいつらの頭はざるかなにかで出来ているのか⁉　ダダ漏れではないか！」

　この魔法陣は魔力を込めながら描かねばならず、かつ使い切りなので、あらかじめ布などに描いておくことができない。そのため、現地での作業が必要になる。

　本来の集団儀式魔法では、同じ実力の者を揃えるのがもっとも効率的なのだが、今回は魔力タンク代わりにメルデュラと高弟から実力差が大きい魔術師も参加させるため、一度儀式魔法を放てば、実力差のある弟子たちは数日はまともに動けなくなるだろう。

　大きな欠点はこの二つだ。

　高弟の一人が、意を決してメルデュラに進言する。

「ですが師の改良された集団儀式魔法は、本当に素晴らしい物です。これがあればいかに敵が強力でも、打ち破るのはたやすいかと」

　とにかく機嫌を直して欲しい高弟の見え透いたお世辞に、メルデュラは少し冷静さを取り戻す。

　お世辞ではあるが、弟子の本心なのは間違いないからだ。

「ふむ。では集団儀式魔法の利点を述べてみよ。今回のような戦争ではどのように運用される？」

　メルデュラは自分を落ち着かせるためにも、いつものように弟子に向かって講義を始める。

「一つは威力と範囲が大幅に上がる点です。魔術師には実力差があるため、個々に魔法を放てば、ムラが出来ます。それは戦術運用上好ましくありません。ですが、儀式魔法で一つの魔法として使えば、高火力で範囲が確定しているため、このような戦場で使いやすくなります」

　弟子の説明に、メルデュラは満足げに頷く。

「そうじゃ。人を数人吹き飛ばすのがせいぜいの者もいれば、百人をなぎ払う魔法を使う者もいる。戦争では部隊の戦力均一化が重要だが、魔術師はどうしても差が生じる。それを補う意味でも、集団儀式魔法は有用であろう」

「はい。ですが最大の利点は、魔法の発動距離が延びることにあると思います」

「ほう、理由を述べよ」

「私たち魔術師は、数が少ないだけでなく、肉弾戦には慣れておりません。接近戦など御免被ります。ですが、儀式魔法を使えば、軍の遥か後方から魔法を放てるため、身の安全という意味でも、戦術的な意味でも大きいと思います」

「合格だ」

　本来メルデュラは戦争などの争いを好まない。だが、それはそれとして、集団儀式魔法の大家である彼は、一度くらいこのような戦場で威力を試してみたかったという、矛盾した思いを描いていた。

「……王国に移住したジャビールには恨まれるであろうな」

　天才の名をほしいままにした、幼き錬金術師を思い出す。

「ま、今ではワシと同じでババアになってるはずだがな」

　数年に一度集まる、学会用の論文を見るかぎり、元気そうだが、農業関係のものばかりだった。

「相変わらず、人類全てが平和になる研究ばかりやっているのか」

　そんなジャビールのいる王国に攻め込むのだ。メルデュラが少しばかり感傷的になってもしかたないだろう。

　気持ちを入れ替えるため、大きく顔を振る。

「よし、完成だ。いくぞ」

「はっ！」

　軍と連携をとりながら、敵の様子を確認していく。

　要約すると、魔物の先頭集団に、ミズホ武士が突っ込んできているから、殲滅して欲しいとのことだ。

　メルデュラは〝浮遊〟の魔法と〝遠見〟の魔法を使って、戦場の様子を窺う。その光景を見れば、なるほど軍の上層部が焦る気持ちが良くわかる。

「まさかあそこまで凶悪な魔物どもを、意に介さないとは驚きだな。ミズホ神国が小国にもかかわらず、国を保ってきたわけよ」

　それにしても、王国側がいきなり最大の手札を切ったことになる。これを叩いてしまえば、帝国の勝利は揺るがないだろう。

　本来であれば温存すべき戦力だろうが、王国に避難した兵力を先に当てるのは当然とも言えた。

　メルデュラは弟子たちに向かって、魔法の発動地点を指示していく。

　魔法陣にそって並ぶ弟子たち。

「それでは集団儀式魔法を執り行う！」

個々が使う魔術と違い、魔術式を脳内で組上げるわけには行かない。魔法陣を通して、身振りと呪言によって、統一した魔術式をくみ上げていく。

（まさかこの魔法を、魔物ではなく人間に使うことになるとはな。しかも魔物と区別のつかないような亜人もどきの参謀の指示でな。本当に人生とはままならぬものよ）

長い長い詠唱を唱え、とうとう極大魔法が完成した。

魔術師全員の声が重なる。

「『眼前に立ち塞がる我らに敵対することごとく、ゲヘナの灼熱を降り注がん。焦熱八層獄炎暴風豪雨《インフエルノゲヘナストーム》！！！』」

これは〝焦熱八層獄炎暴風〟を集団儀式魔法化したもので、マグマのように煮え立った灼熱の雨を暴風と共に降り注ぐ、凶悪な魔法である。まさに魔術と呼ぶに相応しい極悪さであった。

次々と倒れる弟子たちを無視し、メルデュラは再び〝浮遊〟を使って敵の様子を確認する。

そして絶句した。

戦局が変わるのは、裏切りだよなって話

ノブナは戦場で、巨大な魔力が集約されているのを感じた。

「なにかとんでもないのが来るのよ！」

弟のカネツグも、膨大な魔力を感知し、空を見上げる。

「ななななな、なんか凄い魔法がくるんだな」

「間違いないわね。カネツグ！　防御に特化した式神を呼ぶわよ！」

「りょりょりょ、了解なんだな！」

ノブナとカネツグが、それぞれの部下に指示を飛ばす。カネツグはおどおどとした性格だが、意外と部隊指揮には優れているのだ。

「「「我は願い奉る。冥府よりおいでませ！　からかさ童子！！！」」」

呼び出されたのは傘の姿に一本足の式神たちである。大量のからかさ童子がミズホ武士たちを覆うように浮く。

式神が武士たちの頭上に展開したのとほぼ同時に、敵の魔法が発動する。それは太古に魔法が魔術と呼ばれていたことを彷彿とさせる、凶悪極まりない魔法であった。

水銀を煮詰めたような、灼熱の赤い雨が、豪雨となって降り注ぐ。それは生きとし生けるもの全てを焦土と変える、人の手に余る禁呪であった。

ミズホで防衛戦をしていたときのノブナたちだったら、耐えきれなかっただろう。だが、今の彼らはあのときと大きく変わっていた。

ノブナがゴールデンドーンでたまたま見たのは、ケンダール兄妹の訓練である。

冒険者に混じって、毎日大けがを負う訓練を繰り返していたのだから、その驚きは理解してもらえるだろう。

もちろん子供が戦場に出るわけではないが、本人たちのやる気が止まらないのと、冒険者たちにとっても良い訓練になるため、実行されていたらしい。

ノブナが注目したのは、その訓練方法だ。前衛はヒールポーションを潤沢に使うことで、訓練では決して出来ない真剣でのガチ斬り合い。それは剣技の訓練だけでなく、ポーションを使う訓練にもなっていた。

だが、最も注目したのは後衛の魔法を使う者たちの方である。彼らは普段なら絶対にやってはいけない、魔力が枯渇するまで魔法を使うのである。そしてそれをマナポーションで無理矢理回復しては、倒れるまで魔法を放つ。

日に日に魔法の威力が増し、魔力が増強されているのを見れば、自分たちがやらない手はない。

ノブナはすぐに祖父であるシンゲンに頼み込み、マナポーションの購入予算をもぎ取り、それから毎日ぶっ倒れるまでカネツグの部隊と共に死ぬような特訓を繰り返したのである。

もはや、ミズホ防衛戦時とは別人となっていた。

だからこそ、過去の魔法文明を思わせる強大な魔術を、かろうじて抑えきることができたのだ。

もっとも、無傷というわけにはいかない。魔力を限界まで注ぎこんだ式神は、灼熱の雨の威力を大きくそぎ落としたが、全てが燃え尽きた。

耐えられたのは、たまたまだが式神と敵の攻撃方法との相性が良かったこともあっただろう。

ただし、威力の弱まった灼熱が、ミズホ兵を襲ったことには変わりがない。

「全軍停止！　即座に治療せよ！　幸い周囲の魔物は魔法に巻き込まれて近くにはおらん！」

シンゲンが声を張り上げる。言葉通り、彼らの周囲の魔物も魔法に巻き込まれ、彼らの周囲はぽっかりと開いていた。

ポーションを使ったあと、ミズホ武士は一人の脱落者も出さず、鮮やかに砦に撤退する。

デュバッテン帝国とマウガリア王国の初戦は、こうして王国側の大勝利で終わったのであった。

◆◆◆

それからしばらくは、膠着状態が続く。

魔物が砦を包囲し、離れた位置から帝国軍がカタパルトや魔法などで攻撃するのを、式神や魔法で防ぐという戦いだ。

魔物の数は半減していたが、それでも数万を超える数が残っているのだから、すでに王国側が打って出る戦いは出来ない。

そんななか、事態を打破すべく帝国が動いた。川沿いに続く城壁よりさらに外側から、浅瀬を伝っての急襲である。

だが……。

「待っていたぞ帝国軍！　我らの槍をくらえ！」

叫んだのはリザードマンの戦士で村長であるジュララである。

水に潜り、敵を引き込んでから、一気に浅瀬に飛び出したのだ。

「クラフト様に、私の強さを認めてもらって、番いになるんだからね！」

「シュルル！　言葉遣い！」

同時に飛び出したリザードマン部隊の中には、リザードマンだが人の形に近いシュルルも参戦していたらしい。

もともと、人間より遥かに水中行動の得意なリザードマンが、水中呼吸薬まで使っているのだ。水辺での戦いになれば、彼らに敵う者などいない。

帝国軍は、陸上だけでなく水辺での戦いも出来る魔物を同時に投入していたが、その大半がヒュドラだったため、戦い慣れているリザードマンからしたら格好の餌食となっていた。

もちろん水中呼吸薬がなければ、相当苦戦していただろうが。

帝国軍は悲惨であった。

浅瀬を進軍しようとしたら、深みよりリザードマンが突如現れ、混乱しつつも反撃に転じると、すぐさま深みに戻っていくのだから。追う手段のない帝国は、ただただ、波状攻撃をしてくるリザードマンに数を減らしていくしかないのであった。

アルファードがクラフトに内密で運ばせた、魔物ホイホイ一式と、水中呼吸薬を使いこなし、リザードマンたちはドーン砦の防衛を見事にこなしたのである。

さらに活躍した人物がいる。それはなんとジタローだった。

彼は志願兵として、蒸気船で弓兵をやっている。

浅瀬に帝国軍が攻めてきたとき、リザードマンの後方に蒸気船を配置し、支援をしていた。

基本的に浅瀬での戦闘は乱戦であり、蒸気船の役割は負傷者の救出と治療である。だが、ジタローを含めた腕のある弓兵……志願した冒険者の中で、遠距離攻撃が得意な者たちは、援護攻撃をすることになった。

「いくっすよ！」

ジタローは猟師である。だから、命を奪うことにためらいはない。特に大好きなゴールデンドーンに攻め入るような奴に慈悲などなかった。

もっとも、浅瀬で脅威なのはヒュドラなどの水陸で活躍出来る魔物だったため、弓攻撃の大半はそちらにしていたが。

とにかく、こうしてジタローも大活躍だったのである。

「……え？　おいらの出番ってこれだけっすか？」

◆　◆　◆

戦いの流れが変わったのは、先端が開いてから半月ほどがたった頃だろうか。

突如、ドーン大河の上流から、大量のいかだが流れてきて、橋脚の一つに取り付いたのだ。

砦の位置からは見えないくらい離れた場所で、それは行われる。

なぜかその橋脚にだけ、たくさんのロープが結び付けられていて、いかだの帝国兵はそれを掴んでは繋いでいく。彼らの位置からは霞むような距離にある砦を確認するも、動きがない様子から気づかれてはいないようだと、兵士たちは安堵する。

異常なのは橋脚のロープだけではない。橋上からも何本ものロープが垂れ下がっていたのだ。

兵士たちは訓練通りに、そのロープを登っていく。だが、その前に、蜂男がぶーんと橋上に飛んでいったのである。

橋の上には、少人数のミズホ兵が待機していた。

「よう、約束は守ってくれたみてーだな？」

「ミズホ武士は約束を破らぬ。それより――」

「おっと、皆まで言うなよ」

「……」

なにかを言いかけたミズホ武士だったが、蜂男の制止に言葉を止める。

「ま、良くやってくれたよ。約束は守ってやるさ。面倒だがな」

「……」

「それにしても、とんでもない規模の橋だなぁ。昔を思い出すぜ」

蜂男が意味不明な呟きを漏らすが、武士は黙って聞いていた。

「まあいいさ。それで橋にはどれくらいの兵力がいるんだ？」

「橋上の防衛は我が部隊に任されている。今は大半をドーン砦側に集めている」

「つまり、ゴールデンドーンとかいう街まで、橋の上に敵はいないんだな？」

「ああ。いろいろと小細工してそうしている」

「結構結構！　それじゃ、全員上がって、進軍するぞ！」

こうして今までほとんど数を減らしていなかった帝国軍の多くが、ドーン大橋上に整列したのである。

これまで動きのなかった御三家最後の一つ、マサムネ・セントクレアの裏切りであった。

決意があるから、成長するよねって話

少しだけ時間を遡り、エリクシル領全体が防衛のために慌ただしくしていた時の話だ。

ゴールデンドーンには、巨大な教会がある。

クラフトの幼なじみで獣人のアズールが、亜人として初めての神官に任命され、しばらくは責任者として運営していたが、現在は教会より神官長が派遣され、アズールは一神官として活動していた。

マウガリア王国の国教であるルインセント教は、女神ルインセントを崇める宗派である。

ルインセント教は亜人差別を否定していたのだが、一部の根強い亜人差別派閥に配慮していたため、なかなか差別の緩和に動けなかった。

そんな中、キツネの獣人でありながら、神官の紋章を刻んだ人物がいたのだ。もちろんアズールである。

教会には職業としての神官はたくさんいるが、神官の紋章を持つ者は少ない。教会においても貴重な紋章持ちの獣人が現れたのだ。これは獣人差別に対する強力なくさびとなる。

適切な訓練と生活。それにきちんと成人の儀に参加出来れば、獣人も人間と同じように紋章を得られるのだから、やはりそこに差はないのだ。と、信徒たちに教えることで広くその常識が広まっていく。

そういうこともあり、カイルが新しく作った開拓地であるゴールデンドーンでは、今までとは比べものにならないレベルで人と亜人の共栄共存が進んでいる。

そんなルインセント教が望んでいた理想の教会で、今日もアズールは忙しくしていた。

帝国が進軍してきているという情報が発表されてから、不安を抱えた者があとを絶たないのである。

「大丈夫ですよ。領主であるカイル様はお若いですが、とても優秀ですから」

お祈りに来て、神官であるアズールに不安を明かした老婆を、アズールは肩を触りながら安心させようとする。

「もちろん、カイル様が優秀なのは知っていますとも、神官様。ですけれど今回は戦争になるのでしょう？　開拓や政治に優秀なのは良くわかっておりますが、戦の采配となると、お若いカイル様には難しいのではと……」

教会に来る住民のほとんどが、同じ不安を感じているようで、大抵の相談はこれだ。

「ふふ。大丈夫ですよ。思い出してください。これまでにゴールデンドーンに何度もやってきた魔物の群れを。普通より規模の大きいスタンピードでも、カイル様は住民に一人の犠牲者すら出さなかったでしょう？」

すると老婆は目を丸める。

「そう……そうだわね……。市壁が完成してなかった時でさえ、カイル様は私たちをお守りくださったのよね」

「はい。それだけではありません。国王陛下より王国軍の派遣も決まっているのですよ。ヴァインデック陛下は歴代の国王の中でも、特に武勇に優れているそうです。その騎士団が来てくれるのですから、心配することなんてなにもないですよ」

「そうね。カイル様は国王陛下にも気に入られているのですものね。心配することなんてなにもなかったわ」

「はい」

こうしてアズールは、日々住民の不満を解消しているのであった。

一見すると小さなことだが、シビリアンコントロールという面で考えると、不安から生まれる軍に対する不満で、軍事行動を否定するものが出ていてもおかしくないところを、大きく押さえ込んでいるという、非常に重要な意味を持つ。

もちろん、アズールはそんなつもりで行動しているわけではなく、ただただ人を救いたい一心なのだが、結果として、彼女の行動はエリクシル領にとって大変重要なものになっていたのである。

さて、そんなアズールが責任者となっている孤児院の子供たちはというと、全員が元気に過ごしていた。

移民が増大したことで孤児も増えているのだが、それでもやはり中心人物はケンダール兄妹たちである。

彼らは他国が攻めてくることを知ると、それはもう憤慨した。

「アズ姉がいるゴールデンドーンに攻め込むとか、なんとか帝国ぜってーゆるさねー！」

叫んだのは狼の獣人で、ケンダール四兄妹の長男、エド・ケンダールだ。彼らはケンダール冒険団を名乗っている。

四人はもともと孤児で血はつながっていないが、カイルによってケンダールの苗字をもらい、義理の兄妹となったのだ。

それに突っ込みを入れるのは、レッサーパンダ獣人のカイ・ケンダール。

「デュバッテン帝国だよ、エド。ちゃんと社会の授業を聞いてた？」

「わかってるっての！　カイ！」

「ほんとかしら？　エドはいつも適当だし」

「サイカ……」

エドに文句を言うのが兎獣人のサイカ・ケンダール。この辺はもはやお約束である。

それに続くのが、猫獣人のワミカ・ケンダールだ。彼女は眠くなるような口調が特徴である。

「授業で他国の名前もならったけど～。よく覚えてない～」

「だよなだよな！　ワミカ！」

「カイ、それって覚えてないのを自白してるよ……」

「え!?」

「ほんとエドは馬鹿なんだから」

「お、覚えてるっての！　それよりイバッテラ帝国を倒すために特訓するぞ！」

「え？　私たちが戦場に行くわけないじゃない」

「エド、デュバッテン帝国だからね？」

「どっちもうるさい！　レイドック兄ちゃんがいるんだから、負けたりしないのはわかってるけど、もしかしたら一人か二人くらい、教会まで来ちゃう敵がいるかもしれないだろ⁉」

エドはレイドックに憧れているので、ひいき目が強い。

それを聞いてサイカも少し首を傾げる。

「あのソラルさんの弓を突破出来る人なんて想像もつかないけど……」

エドとは違い、サイカはソラルに強い憧れを持っている。ひいき目を差し引いても、サイカには弓女神が敵を取りこぼす所を想像出来ないのだ。

今度はカイも頷く。

「そうだね。ワイズマンのエヴァさんが敵の侵入をここまで許すとは思えないけど……」

カイは憧れのエヴァが、敵を焼き尽くすのは想像出来ても、負けるところなど全く思いつかない。

最後にマリリンを尊敬しているワミカが、まったりと付け加える。

「油断～大敵～？　ゴールデンドーンは～広いから～」

マリリンは大神官の紋章持ちなので、直接戦いに参加するイメージがないため、逆に冷静な意見なようだ。

「いいこと言った！　油断はダメだ！　だから鍛えるぞ！」

「そうね。学園の授業で頑張りましょう」

そう、帝国軍が来るまで、学園は平常運転なのであった。

◆◆◆

「おはよう！　マイナ！　フェイダール！　ペルシアの姉ちゃん！」

カイル学園に登校したケンダール兄妹たちは、さっそく学友に声を掛ける。

エドに答えたのは、カイルの双子の妹であるマイナだった。

開拓地に来た頃の彼女は引っ込み思案で、いつもカイルかクラフトの陰に隠れていたが、今では物怖じしない性格になっていた。

それまでの反動か、お淑やかとはかけ離れ、好奇心旺盛になりすぎてはいたが。

「ん、おはよ」

マイナの後ろに控えているペルシアは、笑顔で軽く会釈を返すにとどめた。

あくまで護衛という立場だからである。

続いて返事をしたのは、紋章官の孫であるフェイダールだ。

彼はこの領地に来てからやや日が浅いので、大規模なスタンピードなどはほとんど経験がない。

「エド……お前なんでそんな元気なんだよ」

フェイダールは少しやつれた顔で首を横に振る。

「もうすぐ帝国が攻めてくるんだぞ!?　緊張感とかないのかよ！」

「あるに決まってんだろ！　お前こそ、そうやってうじうじしてるだけかよ！」

「な、なんだと⁉　戦争なんだぞ！　僕たち子供になにが出来るってんだよ！」

売り言葉に買い言葉。

フェイダールは反射的に声を荒らげてしまう。

「おう。それなんだけどさ、考えてることがあるんだ。せっかくだからフェイダールとマイナも一緒にやらないか？」

エドが鼻息荒く、先ほどの持論を展開し、特訓しようと語り出した。

その様子を横目で窺いながら、カイがため息を吐く。

「フェイダール君はまだしも、マイナちゃんは体力的にも立場的にも無理じゃないかな」

サイカも半目でエドを見る。

「大丈夫よ。ペルシアさんがなにも言ってないし。実際にフェイダール君の言うとおり、私たちになにかできるわけないじゃない」

「それもそうだね」

むしろ、マイナの護衛であるペルシアは、微笑ましいものを見る目つきだった。

ペルシアはマイナに、もう少し運動をしましょうと助言しているので、その一環だと思っているのかもしれない。

それに、護衛が学園の授業に口を出すことは禁止されている。基本的に主に危険がないかぎり、学園内では手出し無用なのだ。

熱く語るエドに感化されたのか、マイナとフェイダールの鼻息が荒くなっている。

どうやらエドの熱気に感染したらしい。

「じゃあ、冒険者が来てくれる体育で特訓だぞ！」

「おー」

「マイナちゃんが頑張るなら、僕だって！」

こうして妙にやる気を出した、ケンダール冒険団とサブメンバー（とエドが勝手に決めている）で、すちゃらかな特訓が始まるのであった。

「止めてよ、ペルシアさん……」

エドは暖かく見守るだけのポンコツ騎士をチラリと見やってから、深いため息を吐くのである。

頑張りは、まわりにも伝染するよなって話

カイル学園の体育は、子供たちが辺境でも生き残れるよう、剣の扱い方などを教えている。

教師として経験豊富な冒険者が呼ばれ、実践的な訓練が行われるのだ。

やる気を見せたマイナとフェイダールだったが、彼女はグラウンドの走り込みを命じられる。

どちらも魔法ならば少しは使えるので、不満の声を上げた。

すると教師役の冒険者は、額に青筋を立てる。

「お前らは基礎体力がなさ過ぎる！　せめてグラウンド一周を息切れなく走れるようになってからじゃなきゃ、実戦訓練などさせられん！」

ごくまっとうな指摘に、二人は泣く泣く走り出したが、マイナは数歩走っては息切れし、また数歩走っては息を荒げることを繰り返す。おそらく普通に歩いた方が速い。

さすがにフェイダールはそこまで酷くないが、カイル学園の広いグラウンドを一周走れば、倒れ込むほど息切れを起こしていた。

もちろん二人ともスタミナポーションを飲んではいるが、ポーションの特性上、一定以上に力を使えば疲労もする。二人にとって全速力で走ることは、今の彼らにとって全力を出し続けることになるので、あっという間に疲労するのだ。

だからこそ、マイナは歩く方が疲労せず長距離を移動できるのである。

そんな二人とは対照的に、ケンダール兄妹はグラウンドの中央で、激しい模擬戦を繰り広げていた。

冒険者たちが、舌打ちしながら叫ぶ。

「ちくしょう！　どうして今まで学園にランクの高い冒険者しか呼ばれなかったのか理解したぜ！」

冒険者のリーダーがエドの剣を跳ね上げ、後衛を狙おうとするが、即座にサイカの矢で牽制され、ケンダール兄妹の陣形を崩せないでいた。

この冒険者グループは比較的最近ゴールデンドーンにやってきたチームである。

古くからいる冒険者のほとんどが、義勇兵として参加を表明したため、学園に来られる冒険者が激減した。そこでゴールデンドーンに来て日の浅いパーティーにその仕事が振り分けられたわけだが、彼らは内心で悪態を吐きたい気分である。

この街に来てから、数多くの常識外を見てきたが、目の前の子供たちはその筆頭であろう。

なんせ紋章もないのに、剣技や魔法を絶え間なく放ってくるのだ。異常すぎる。

「なんだよ、兄ちゃんたち手加減はいらないぜ!?　ここにはたっぷりヒールポーションもあるからな！」

エドの叫びにワミカが続く。

「私の治癒魔法もあるよ～」

「ああ！　頼りにしてるぜ！」

怪我を全く恐れず、全員が真剣で襲ってくるのだ。木刀で軽く揉んでやればいいだろうと考えていた冒険者たちは、開始してすぐに自前の得物に持ち替え応戦するしかない。

それに、本気で斬りかかっても、子供たちの着ている服がまたやっかいなのだ。

一見普通の服なのだが、いったいなにで出来ているのか、刃が全然通らない。

「打撲は覚悟しろよ！」

冒険者が負け惜しみを叫ぶ。

「望むところだ！」

獣人特有の素早さとパワー。なによりタフネスさを発揮し襲ってくるエドをかろうじて捌く。もはや子供だからと手加減している余裕など一切ない。

（ありゃあ、この街でしか売られてない、強化糸の服か！　まじでなんなんだよこの街は⁉）

結局、訓練を超越した死闘を繰り返すのであった。

さて。

もちろん子供たちが戦争に出ることはなかったのだが、ゴールデンドーンにそこまで思い入れがなく義勇兵として参加しなかった冒険者たちに多大な影響を与えていた。

戦争準備となれば、薬草や魔石などいくらあっても足りない。それらの調達依頼が冒険者ギルドに殺到する。

義勇兵にならない冒険者たちにその負担がのしかかるのだが、彼らの大半がゴールデンドーンに来て日の浅い者ばかり。

街の中が平和なので忘れがちだが、この一帯は超絶危険な辺境なのだ。薬草を見つけに行くだけでもそれ相応の実力が要求される。

そんななか、子供たちとの訓練は、ポーション類などが支給されながら、特訓できると人気になり、参加したパーティーは軒並みその実力を増していった。

おかげで、生産ギルドや領地が要求する素材集めや、街道の魔物退治など、冒険者ギルドはなんとかこなすことが出来たのである。

ケンダール兄妹たちの行動は一見無駄なように思えて、実は領地に多大な貢献をしていたのであった。

もちろん。

その当人たちはそんなことを知らず、開戦してからは孤児院で信者相手に腐っていたという。

◆◆◆

この戦争が大きく動いたのは、ミズホ神国御三家の一つである、マサムネ・セントクレアの裏切りからであった。

マサムネと数人の武士によって、橋の上に多くの帝国軍が上陸することに成功。マサムネの隣にいるのは、謎の蜂型亜人である。

「まったく、飛べないってのは不便でしょうがねえな」

蜂男が背後に整列する帝国軍を一瞥する。

「おい人間。この橋を進めば、ゴールデンドーンなんだな？」

「ああ」

「しかし、気にくわねぇ橋だぜ」

「それよりも、我が家のことを――」

「大丈夫だって。ちゃーんと帝国の貴族家として取り立ててやるさ」

「了解した」

「んじゃ、こんなところで突っ立っててもしょうがねえ。進軍するぞ」

こうして帝国軍の大部隊が、ドーン大橋を大挙して進むのであった。

これはドーン大橋が巨大すぎる弊害でもあっただろう。

普通の石橋であれば、万を超える兵士が橋の上に上陸などあり得なかったのだから。

それから二日をかけて、帝国軍はようやくゴールデンドーンへとたどり着くのだが、兵士たちはその威容に度肝を抜かれていた。

「な、なんて馬鹿でかい街なんだ」

「橋の手前にあった砦が犬小屋に見えるってどういうことだよ！」

「あの城壁はなんなんだよ！　高すぎる！」

「見ろ！　かなり上流に巨大な水車がある！　あれを壊せばやつら水がなくなって干上がるぞ！」

「お前は馬鹿か？　城に蓄えがあるだろうし、橋の反対側に門だってあるだろ。完全に包囲してるならまだしも、補給なんていくらでもできる。それ以前に俺たちが持ってきた食料の量を考えたら、先に干上がるのはこっちだ」

まるで山のようにそびえるゴールデンドーンの市壁と城壁に、兵士たちのざわめきが止まらない。

飛び道具や魔法が届かない位置に布陣しているにもかかわらず、敵の城の全容がまったく把握できないのだ。その恐ろしさは想像を絶する。

橋の先は大きな広場のようになっていた。そこだけで帝国軍がすっぽりと収まるほど広い。

その広場の三方が壁に阻まれている。正面は巨大な門になっているが、当然固く閉じられていた。

なにより、帝国軍の恐怖を煽るのは、その静けさである。これだけの大軍が目の前まで来ているというのに、ゴールデンドーンの城はなんの反応も見せないのだから。

そんな兵士の不安を無視した声が掛かる。もちろん、蜂男だ。

「よーし。それじゃまぁ、人間どもを皆殺しにするぞー」

途端にピリッとした空気が帝国軍を満たす。長い時間をかけてここまで進軍してきたのだ。手ぶらでは帰れない。その思いがかろうじて士気を維持させている。なにより、勝てば略奪し放題である。相手の規模から考えても、末端の兵士まで美味しい思いができるであろう。

もちろん。勝てばであるが。

もちろん。勝てる道理など、欠片もなかったわけだが。

最後の通達は、必要だよなって話

帝国軍の部隊長クラスの人間たちは、この状況がいかに最悪か気づいていた。

（あのクソ蜂モドキ野郎め！　三方を壁に囲まれた石畳の平地なんだぞ！　こんなところで戦えるか！　カゴに閉じ込められた虫と同じだぞ！）

戦略に疎い奴らや、物欲に染まっている者は気づいていないが、少し頭の働く奴なら、橋の先にある空間がどれだけやばいのか理解できる。

それでも逆らえないのは、あの蜂男とベラがいるから。

帝国軍の半数が逃げ出したいと考え始めた頃、その声は風をまとって響き渡った。

『帝国軍に告げます』

声の主は壁上にいた。声の主は少年であった。声の主は鋭い眼光で帝国軍を見下ろしていた。

帝国軍は知らないが、もちろんエリクシル領主であるカイル・ゴールデンドーン・フォン・エリクシル開拓伯その人である。

カイルの隣にはアルファードが立ち、周囲を聖騎士が固めている。さらにカイルの後ろにはエヴァとカミーユとマリリンもいた。

今から行われるのは、帝国軍に対する最後通達である。もともとその役目はアルファードかザイードの予定であった。

だが、カイルは自分でやると譲らなかったのである。もちろん周囲に大反対されるのだが、よりにもよって国王であるヴァインデックが「やりたいならやらせればいい。ただし護衛に囲ませろよ」という鶴の一声で決定してしまったのだ。

エヴァとマリリンが遠距離攻撃に神経を尖らせながら、周囲を警戒し、魔法や飛び道具があれば、即座に強力な防御魔法を発動する手はずである。また姿を隠した敵にも警戒するため、カミーユが索敵を怠らない。

『帝国軍に告げます』

もう一度、同じ言葉が響く。

『貴方たちは領土を侵犯しています。ただちに戦争行為をやめ、矛を収めるならば、話し合いの機会を設けます』

それは、すでに侵略を開始している帝国に対して、恐ろしいまでに甘い提案である。

だが、欲にまみれた帝国兵は、それを弱腰と捉えてしまう者が多い。帝国には勝てないと宣言しているように聞こえてしまったのだ。不幸にも。

もちろん、先に自分たちの不利を理解している一部の帝国兵には、それが最後の慈悲なのだとわかっていた。

『もし、このまま戦闘行為を続けるのであれば、我が王国は帝国に対して容赦をしません』

半数の帝国兵は笑い、残り半数の帝国兵は恐怖する。

『ここからは帝国兵個人への通達です』

カイルの言葉に帝国軍がざわめく。

『降伏を願うならば、武器を捨て、鎧を捨て、大橋の中央付近まで逃げ、待機していてください。命の保証をいたします』

さらにざわめく帝国軍。

『大橋の中央あたりに、大型船と誘導員がおりますので、戦争が終わるまで指示に従ってください』

あまりに具体的な降伏方法を提示するカイル。一部の兵士は気づいた。王国側はとっくに全ての準備を終えているのだと。

それはつまり、この状況を完全に見抜いていたと言うことに他ならない。

『帝国に告げます。これは最後通達です。どうぞ理性的な判断を下すことを願っております』

カイルが必要なことを告げると、護衛と共に下がっていった。

カイルがエリクシル城に入ると、そばで護衛していたエヴァが、ようやく口を開く。

「カイル様。領主様にこのような苦言を呈するのは不敬であると存じますが……このような仕事は二度とごめんですからね。もっと御身を大切にしてください」

カイルは笑顔で答える。

「はい。重々肝に銘じます。ご助言ありがとうございます」

そのやりとりを横目で見ていたザイードは、内心で「またやらかすのだろうな。あの錬金術師の悪影響を受けていまいか?」などと考えていた。

どうやらその場にいなくとも、噂の錬金術師は周囲に影響をまき散らしているらしい。

さて、その噂の錬金術師だが、クラフトは自宅でジャビールと共に泣きそうになりながらひたすら錬金していた。

「うおおおお！　ヒールポーションの追加分が終わらねぇえええええ！」

「ええい！　泣き言を漏らすでないのじゃ！　叫ぶより手を動かすのじゃ！」

「アルファードの野郎め！　気軽にぽんぽん追加発注しやがって！」

この大量の追加発注は、初戦のミズホ兵が大量に消費したヒールポーションの追加分である。

当時、即座に城の備蓄分からドーン砦へと充填したため、減った備蓄分に加え、さらなる予備分が一気にクラフトに求められたのだ。

クラフトとジャビールは協力して、アホみたいな数のポーションを作成していく。

「ヒールポーションだけじゃなく、スタミナポーションやマナポーションの錬金だってあるんだぞ！　なにが備蓄は十分だろうだ！」

戦争開始前に、アルファードはクラフトに備蓄は十分揃っていると漏らしたことがある。実は今でもそれは変わっていない。

ではなぜアルファードが大量の追加をクラフトに頼んだかと言うと、三つの理由があった。

一つは、帝国軍の集団儀式魔法が強力であったこと。

備蓄は十分すぎるほどあるのだが、念には念を、石橋は叩いてなんぼというアルファードの考えから。

一つは、戦端が開いてから、クラフトが余計なことをしないよう、錬金に集中させるためだ。

あのやらかし錬金術師を暇にさせておくと、またぞろ戦略をひっくり返すような錬金道具を生み出しかねない。たとえそれが有用でも、準備もなく戦略に組み込もうと思えば混乱するだけだ。

とにかく、余計なことをさせないための、大量発注である。

最後がマイナの件だ。

クラフトのことを兄のように慕っているマイナは、カイルが忙しい今、べったりとクラフトに張り付いている。

そのため、クラフトを屋敷に押し込んでおけば、自動的にマイナも屋敷にいることになり、安全確保が容易になる。

戦端が開かれたあとは、当然学園も休みなので、最近行動の読みにくいマイナを一箇所に留められるのは、アルファードにとって最大の利点だったのだ。

……もっとも、そのとばっちりでカイル付きの錬金術師であるジャビールまで忙しくなっていたのだが。

なお、ジャビールはアルファードの思惑に気づいていたが、実際にクラフトを暇にするのは危険だと考えており、泣く泣く二人で錬金をこなす。

誰にも知られない、影の英雄こそジャビールなのである。

必死に錬金する二人を、当のマイナは、楽しげに眺めている。そしてそのマイナをペルシアが嬉しそうに眺めていた。

戦争が大詰めを迎える中、この一角だけがやたら平和なのであった。

さて、そんな平和ボケした錬金術師の屋敷とは対照的に、帝国軍は追い詰められているところである。

停戦勧告中、蜂男がじっとカイルを睨みつけていた。

カイルが下がると、ふんと鼻を鳴らして、帝国軍の大将を呼び出す。

「おい。俺はしばらくここを離れる。その間にお前らは攻めておけ」

「は……は？」

ゴールデンドーンを直接攻める大部隊の指揮を任された大将が顔を引きつらせる。

「ベラを連れてくる。カイルとか言う野郎を見つけたら呼べって言われてるんだよ」

「あ、え、それはベラ様を最前線にお連れするという意味で合っていますでしょうか？」

「そうなんじゃね？　とにかく連れてくるから、お前らはせめて城門くらい壊しとけよな」

空を飛べる亜人が、どれだけの時間でベラを連れて戻るのか見当もつかない大将が、さらに顔を引きつらせる。

ただでさえ城攻めが困難なのに、最悪のこの状況下で攻め込めと命令されても、大将としては賛成できない。

「参謀殿。それよりも我が部隊は大橋を戻り、砦を挟撃するべきでしょう。こちらも挟撃されるリスクはありますが、あの砦を落とせば、城の攻略に幅が出ます」

大将の意見は至極まっとうである。そもそも裏手を取った時点で砦を挟撃するべきだったのだ。

だが、蜂男はそれを許さない。

「……てめぇ。俺の命令が聞けねぇのか？　人間の分際で魔族様に逆らおうってのか？」

大将はたしかに聞いた。

「魔族……」

それは、遥か昔、人類を虐げ、弄び、虐殺のかぎりを尽くした種族。

その後、魔術を編み出した人類によって駆逐された種族。

もしかしたらと思うことは何度もあった。だが、そんな馬鹿なと否定するしかない。

万が一にも、この蜂男が魔族であったなら、人類に対抗する手段などないのだ。

なにせ、魔族を滅ぼした大魔法文明はもうないのだから。

だからこそ、その可能性を考えないようにしていた。

だが、蜂男ははっきりと言った。魔族と。

そしてその蜂男は、鋭い左右の牙をカチカチと打ち鳴らす。

「いいか。戻るまでに、あの忌々しい城門を破壊しておけ。じゃなけりゃ……」

「め、命令を受諾いたしました！　帝国軍はただちに城門攻めを開始いたします」

蜂男はなにかを続けようとしたが、口を閉じる。

「生かされたければ、働け」

それだけを言い残し、蜂男はひょいと大橋から飛び下り、水面ギリギリを、後方に向かって飛び去ってしまった。

こうなってはもはや大将に出来るのは一つだけだ。

「全軍！　攻撃開始！」

こうして、新たな戦端が開かれたのである。

危険察知は、才能だよなって話

ゴールデンドーンにて、旧文明が崩壊して以来初めての大規模な人間同士の争いが始まった。

もちろん数百人規模の戦争は何度もあったが、お互いの兵力が万を超える戦いは初めてである。

ではまず、助かった方の帝国軍から見ていこう。

ゴールデンドーンの上空を飛び回っていた白い鳩が、ハゲた老人の下へと移動し、手に止まる。

「これはいかん！」

小さく叫んだのは、帝国軍の最後方で集団儀式魔法の準備をしていたスキンヘッドの老人、メルデュラ・デュラスであった。

彼は鳩の使い魔で観察していたのだが、使い魔がゴールデンドーンに近づいた瞬間、敵の探知魔法に引っかかる。それもかなり強力なやつだ。

次の瞬間、使い魔が殺されると思ったが、そのまま放置される。

気づいているのに見逃された理由は一つだろう。敵は自分たちの戦力を見せつけたいのだ。使い魔が攻撃能力のない鳩だったというのも大きいだろうが。

メルデュラは戦慄した。

エリクシル領主である少年のまわりに、ヤバいやつが勢揃いしていたからだ。

まず、自分の使い魔をあっさりと探知した、古風な魔術師スタイルの女だが、見たこともない紋章を宿している。

　紋章官ではないメルデュラだが、今まで発見された紋章のほとんどは暗記しているのだが、彼女の紋章にはまったく見覚えがない。それよりもあの輝きを見るに、恐ろしい力を宿しているのは間違いないだろう。

「ありゃあ、間違いなく最上位紋章……おそらく伝承クラス」

　敵に黄昏の錬金術師がいるのは聞いている。それだけでも驚異だが、最上位紋章が二人いるという事実に、メルデュラは恐怖した。

　おそらくこの馬鹿げた城や大橋を作ったのは、黄昏の錬金術師が関係している。断言してもいい。

　この時点で、すでに勝ち目は限りなく薄いだろう。そこに伝承クラスの魔術師が加わったら……。

「これはいかん」

　メルデュラは無意識にもう一度呟いていた。

「師よ、ど、どうしましょう?」

　メルデュラと同じように、小動物の使い魔で敵を観察していた弟子の一人が、顔を真っ青にしてメルデュラに問い詰める。

「そんなもん、答えは一つじゃろ。問題はあの蜂男の方じゃ」

　メルデュラはもう一度鳩を飛ばし、今度は味方である蜂男の様子を窺う。そして戦慄した。

蜂男が自分のことを「魔族」だと宣言したのである。

幸い、蜂男はすぐに戦線を離脱してくれたので、メルデュラは迷わなかった。

「投降するぞ。本当に生かしてくれるかはわからぬが、このままここにいても死ぬだけじゃい！　やっかいな蜂の参謀もおらんしな！」

「はっ！　我ら全員、師と共に！」

「格好いいことを言っているが、死にたくないだけじゃろ」

「もちろんそれもあります」

「うむ。正直でよろしい。では全員強化魔法を使って、大橋を戻るぞ！」

「「「はっ！！！」」」

こうして最後尾に布陣していた魔導部隊が速やかに撤退すると、迷っていた帝国兵も突撃命令を無視し、我先へと逃げ出し、魔導部隊に続くのである。

ドーン大橋を逆走し数時間、彼らの前にミズホ武士の一団が待ち構えていた。

すわ、挟み撃ちかと警戒したが、先頭で待っていた人物を見て、メルデュラは全てを理解する。

「たしか、マサムネ・セントクレア殿だったたか。なるほど貴殿の裏切りからして、策略だったというわけじゃな」

メルデュラがため息交じりに手を差し出すと、帝国をドーン大橋上に手引きした張本人であるマサムネが握り返した。

「記録はほとんど残っておりませぬが、人同士が争っていた時代は、それはえげつない策略が飛び交っていたそうですぞ。ミズホ周辺は小国家が乱立しておりましたゆえ、多少はその手の策略に覚えがあり申してな」

魔物だけを相手にしていたのでは絶対に身につかない心理戦である。

「さて、マサムネ殿。我らの処遇はどうなるのでしょうかな」

「カイル様は降伏した者へ寛大である。現在蒸気船で食料を運ばせているので、戦争が終わるまで、おとなしくここで待機していてもらおう」

「うむ。了解した」

こうして、万を超える兵士はその命を拾ったのである。

一方、ゴールデンドーンに攻撃を開始した帝国軍は混乱していた。

まず、兵力の三分の一が脱走。初っぱなから万の兵力が減った。しかも最大戦力である魔導部隊が真っ先にである。

ただでさえ落とすのが困難であるのがわかっているのに、城門を破れる可能性のある部隊がいなくなったのだから、指揮する大将がどれだけ慌てたか想像できるだろう。

それでも大将は感情の全てを飲み込み、部隊を再編する。

「組み立ての終わっているカタパルト部隊（移動式攻城兵器）で、城門を攻撃させろ！　トレシュビット（設置型の大型攻城兵器）の組み立ても急がせろ！　破城槌も出せ！」

もはや長期戦は不可能と判断した大将は、持てる全ての攻城兵器を投入する。

だが、巨大な丸太を削った破城槌も、人頭大の石を複数打ち出すカタパルトも、ゴールデンドーンの城門を打ち破ることが出来ない。

城壁は謎の石で出来ているため、最初から破壊は諦めている。だが城門は木製なのだ。破れる可能性はある。

「トレシュビットが組み上がれば、あるいは……」

大将が呟く。

人間サイズの大岩を打ち出すトレシュビットならば、いかな丈夫な門とはいえ、打ち破れるはずだと、自分に言い聞かせる。

なお、攻城兵器の大半は、〝空間収納〟持ちが分散して運んでいる。クラフトのように非常識な容量はなくとも、優秀な魔導兵団には収納力の多い魔術師が何人かいたのだ。

もっとも、その魔術師たちは真っ先に逃げ出したのだが、荷物を置いていったのだけは不幸中の幸いだろう。

そんな状況だからこそ、優秀なはずの大将は気づけなかった。必死で攻める帝国軍に、矢の一本も飛んできていないことに。

★

そこは城の司令室。

何十人もの文官が、慌ただしく戦況を分析していた。

司令室の一番奥には領主であるカイルが座り、その左右に国王であるヴァインデックと、ミズホ神国の現人神ムテンが、大量に送られてくる書類と格闘している。

カイルはそのうちの一枚をつまみ上げた。

「では、帝国軍の三分の一ほどは撤退してくれたのですね」

それに対し文官のまとめ役であるザイードが答える。

「はい。現在はマサムネ殿が統率しております」

ザイードは普段の兄としてのしゃべり方ではなく、文官としての口調を保っていた。カイルにはそれが少しやりにくい。

「もう、降伏してくれそうな帝国兵はいませんか？」

「おりません」

ザイードが断言する。

ここで断言しなければ、次へ進めないからだ。

「……わかりました。アルファードに始めるよう伝えてください」

「了解いたしました」

ザイードは一礼し、伝令係に指示を飛ばすと、本人はそのまま報告書の束が積まれた机に戻った。

最高指揮官であるアルファードは、指令を受け取ると即座に行動に移る。

「自分たちが袋の鼠だと気づいているだろうに、それでも攻める姿勢には感嘆するが、我らがゴールデンドーンに傷を付けたのだ。その報いを受けてもらう」

大量に飛んでくる矢を軽く手で払いながら帝国軍を見下ろすアルファード。

「なぜ、わざわざ敵が集合すると予測される広場を石畳にしたのか、まるで気づいていないようだな」

なぜ、錬金硬化岩ではなく、石畳なのか。

石畳も丈夫だが、数万の軍勢が歩けば、わずかだが沈んだりして動く。重量の重い攻城兵器もあるのだから当然だ。しかも帝国兵の多くは武具を持ち、通常より重い。

石畳がわずかに動くたび、その下に仕込まれた粘度の高い物質が、隙間からにじみ出してくる。

それは、クラフトが大量生産したトリモチであった。

腕力が、全てを解決するよなって話

万を超える帝国軍が、広大な広場で激しく動き回り、攻城兵器が行き交うと、石畳の隙間から、少しずつクラフト特製のトリモチがにじみ出してくる。

量が少ないあいだは、ブーツの砂や巻き上がる埃などと混じり、本来の効果を発揮しない。それゆえに、兵士たちも最初は泥がにじみ出てきたとしか思わなかった。

兵士たちが気づかないあいだに、地面には汚れて効力のないトリモチが、泥濘のように広がっていく。これももちろんアルファードの策のうちである。

泥や埃とトリモチが飽和状態を超えると、帝国軍の動きは大きく鈍っていった。

帝国兵士が叫ぶ。

「な、なんだこりゃ⁉　足が動かねぇ！」

「どうなってる⁉」

「泥だ！　泥が足に絡みついて！」

「スライムみたいなドロドロが！」

特に動きの激しい市壁前で攻撃をしていた兵士たちの動きが封じられていく。後方で指揮を出していた王城攻撃隊のゼット・オーバール大将が、ようやく異常を察知するが、時すでに遅し。

ゼットが自分の足下を確認する。

彼の周辺は前線に比べると重量物が行き交っていないためか、トリモチは染み出し始めた程度で、動きを絡め取られるほどではない。

「ちぃ！　粘性のある液体を石畳の下に仕込んでいたのか！　それにしてもこれだけ広大な範囲に仕込むほど量産したというのか⁉」

戦慄すると同時に、ゼットは戦局を改めて分析する。

前線の兵士が動きを止められている千載一遇のチャンスだというのに、王国側は兵士を出さず、弓を射るだけだった。

「そうか。奴らも巻き込まれるのを恐れているのか。ならばまだ立て直せる。全軍橋上まで後退！　態勢を整えるぞ！」

一度下がって砂をばらまけば、なんとかなるかもしれないと命令を飛ばすが、その願いはかなわなかった。

王国側の弓兵が、全員火矢に持ち替えたからだ。

「ま、まさか……」

ゼット大将は最悪の事態を想像する。そしてそれは正しかった。

火矢が地面に落ちると、そこから何本もの火柱が上がり、あっという間に燃え広がる。

クラフトのトリモチには、大量の燃焼剤が混ぜられていたのだ。かつてコカトリスの死体を骨まで燃やし尽くしたあの燃焼剤である。

城壁の上から、その炎が一気に広がるのを、アルファードは冷酷に見下ろしていた。

炎に巻かれ、逃げ出そうとする帝国兵に、小さく「すまぬ」と呟きながら、さらに非情な命令を発する。

「魔導部隊！　風の魔法で炎と空気をかき混ぜろ！」

　アルファードの命令で、魔導師たちが大量の空気（酸素）を周囲からかき集め送り込むと、炎の勢いはさらに増した。

　高い市壁に三方を囲まれた広大な広間は、さながら竈の様相を見せる。帝国兵は悲鳴を上げるまもなく、あっという間に消し炭になっていった。

「……子供たちには見せられん光景だな。だが、慈悲は何度も与えた。兵士の中には帝国に忠誠を尽くす武人もいただろうが、カイル様を敵に回した為政者を呪え。この作戦を考え実行した私を呪え」

　アルファードが眼下の光景を睨みつけながら、小さく呟くと、その肩をレイドックが叩いた。

「一人で格好つけるなよ。悪いのは戦争なんか仕掛けてきた帝国だし、どんな方法を使っても俺たちの街を守るって決めたのは、あんた一人じゃないんだぜ？」

「……そうだな。私は軍人としてすべきことをしただけだ。それでも後悔がなくなるわけではないが、少しは気が楽になった」

「全員を生かす方法なんてねーよ。むしろあんたは多くの帝国人を救ったさ」

「そうだといいな」

「俺が保証するぜ。……さて、それじゃ俺も自分の仕事をしてくる」

「本当に正規兵はいらんのだな？」

「言い方は悪いが、足手まといだ。あんたになら参加して欲しいところだが、大将が前線に出るもんじゃねーよ」

「……頼んだ」

「任せとけ」

そう言って、レイドックは市壁を飛び下りる。一〇階建てに匹敵する高さから飛び下りたというのに、ケガ一つない。剣聖の紋章を得たレイドックには児戯にも等しかった。

レイドックに続いて、どこからかカミーユも飛び下りていたが、くノ一の紋章に相応しく、いつ下りたのか誰も気づけない。

戦場となっている広大な広場は、すでに灰しか残っていない。一瞬で高温の渦になったため、帝国兵士は苦しまずに逝ったことだろう。

そんな灰色の荒野に、数人の帝国兵士が憤怒の表情で立っていた。

ここは剣と魔法の世界である。人外まで鍛え抜かれた武人や、魔導具、魔法などによって生き残った者たちがいて当然であろう。

生き残りの全員が、色つきの紋章を輝かせていた。

レイドックが油断なく近づき、彼らに声を掛ける。

「あんたらの負けは確定だ。投降してくれないか？」

終結しつつある帝国の生き残りの一人が叫ぶ。それは王城の攻撃責任者に任命された帝国の大将であった。

「断る！　我らは帝国に忠誠を誓った武人だ！　せめて一矢報いるまで、死ぬに死ねぬ！」

「そうか……」

　レイドックは少し悲しげに目を伏せる。

　帝国の生き残りは、全員が一騎当千の強者である。敵対するのが普通の軍勢であれば、彼らだけで殲滅できるほどの猛者であるのは、一目でわかった。

　彼らが本気を出せば、王国軍兵士を万単位で殺せるほどの戦力である。もちろん彼らは全滅するだろうが、この世界の上位者はそれだけの力を持つのだ。

　帝国大将はレイドックとカミーユを睨みつける。

「貴殿らは、我らの力を理解した上で、たった二人で立ち塞がるか？」

「ここに至っては、数は無意味だろ？」

「生き残った我らは、帝国の剣の切っ先だぞ？　たしかにもはや王国……ゴールデンドーンを落とすことはかなわんが、大きな傷跡をつけるのは可能だ」

「ああ、だから、俺がいる」

　それまでレイドックのことを、降伏を言い渡しにきた代表だと思っていた帝国大将は、自分たちを打ち倒すためにいることを理解し、一瞬で沸騰する。

「貴様が実力者なのは間違いなかろう！　そこの女もな！　だが、たった二人で我ら全員を相手にすると言うのか⁉」

それは彼らにとって、最大の侮辱だろう。生き残った彼らは、人類の枠を超えた者たちなのだから。

もちろん目の前の青年も、その一人であるのは間違いない。それでも帝国最上位十数人をたった二人で止めると言うのだから、彼らのプライドはズタズタである。

「我が名はゼット・オーバール！　帝国騎士団序列二位にして、王城攻撃隊の大将である！」

大将ゼットが、巨大な深紅のフランベルジュをレイドックに向けた。

「レイドックだ。今回は義勇兵のまとめ役を任されてる」

「……カミーユ・キャスパー」

二人は軽く名乗りを返すと、それに対してゼットは小さく頷く。

「これ以上の言葉は不要！　推して参る！」

ゼットの左手が、手甲越しでもわかるほど光り輝くと、彼の身体中が燃え上がり、フランベルジュが業火を纏った。

彼は近寄ってきていた女性に叫ぶ。

「カーリナ！」

「任せてください！　蛇旋崩《じゃせんほう》牙《が》！」

生き残っていた一人で、高価な軽装鎧に身を包んだ美女が、豪奢なミスリル製の弓を取り出し、数十本の矢を一瞬で打ち出す。

まるで蛇のようにうねり、予測できない軌道で、レイドックに噛みつこうと飛んでいくが、それが突然空中で全て弾けた。

「なっ⁉」

カリーナと呼ばれた女弓兵が、市壁の上に視線を向ける。そこには弓を打ち終えた格好でたたずむ、目つきの悪い女がいた。

信じられないことに、あの距離からカリーナの矢が全て打ち落とされたらしい。

「ウソ……」

「ちぃ！　援護などなくとも！」

ゼットは矢で体勢の崩れたレイドックを一刀両断する予定だったが、それを諦め、全力で一刀両断するべくフランベルジュを振り下ろす。

彼の持つ豪炎騎士《フレイムナイト》の紋章による力は炎だ。近づくだけで消し炭になる業火を纏い、すかした剣士を消し飛ばすつもりだったのだが、蒼い剣士は柳に風と、軽く剣を振っただけで、ゼットの剛剣を受け流した。

「ちぃ！　まだまだぁ！」

ゼットは波打つ大剣フランベルジュの軌道を無理矢理変え、レイドックの頭を吹き飛ばそうとするも、真正面から剣で受け止められてしまう。

両手持ちの大剣で、灼熱を纏った一撃。しかしレイドックは片手剣で簡単にそれを受け止めたのだ。

しかも、高温で普通の剣なら溶かすことすら可能なフランベルジュの刃が欠けたのである。

「ば、ばかな⁉」

「ちっとばかり熱いぜ、おっさん」

「ふざけるなぁ！」

さらに熱量を上げ、力を込めるが涼しい顔をした若造は微動だにしない。そこでようやく、腕も、力も、剣も、全てに差があることを悟る。

「そ、その剣は幻のオリハルコン⁉」

「正解。もっとも鉄剣でも結果は変わらないけどな。しばらく寝てろ。無限雪月花《インフィニティーブリザード》！」

レイドックが軽い口調で繰り出した技は、ミズホ神国で覚えた剣技である。冷気が具現化し、あっという間にゼットの炎を消し飛ばした上に、強烈な一撃と共にゼットを気絶させた。

「安心しろ、峰打ちだ」

政治的な意味合いで、アルファードから可能なら生け捕りにしてくれと頼まれていたのである。

「無茶言うぜ、まったく」

口調の割に、あっさりと実現してしまうのだから恐ろしい。

「さて、残りを片付けるか」

レイドックは気楽な口調で、肩に剣を乗せるのであった。

完全勝利は、目前だよなって話

「クラフトよ、あのレイドックという男、強すぎるのじゃなかろーか？」

　オリハルコンの精神感応を利用した、通信の魔導具を使って状況を確認していたジャビール先生が、呆れるような声を漏らす。

　俺も同意だとばかりに頷いて返す。

「まったくもって同意見ですよ、先生。あいつ剣聖の紋章を得てから、ちょっと人類の枠を超えちゃってる気がします」

「貴様も大概なのじゃが……」

「え？」

「んむ！　なんでもないのじゃ！　それより術に集中するのじゃ！」

　ここで、話を振ってきたのは先生じゃないですかと言わない程度には、俺は成長している。成長しているったらしている！

　俺がいる場所は自宅である。

　ここでジャビール先生と一緒に、通信の魔導具を持つ仲間たちとの情報共有を担当しているのだ。

　錬金薬の大量追加を寄越したと思ったら、次は通信だよ！

魔力がいくらあっても足らねぇっての！

俺とジャビール先生のまわりには、空になったマナポーションの瓶が散乱している。さすがに水っ腹で苦しい……。

「今までは、俺と先生が交代で通信してましたが、一緒にやれってことは、もう終わるって確信してるんでしょうねぇ」

「うむ。いいかげん、ポーションを作り飽きてたからの。ようやく解放されるのじゃ」

「それにしても、通信の魔導具は想像以上に戦争に有用ですね」

「ふん。頭の良い奴なら、最初から気づいとるのじゃよ」

総指揮官であるアルファードを中心に、カイルと国王のヴァンにも適宜映像や音声を送ることで、驚くほど効果的に敵の動きを封殺している。

ヴァンが一度「戦争に役に立つだろうとは思っていたが、これはもはや神の視点だな。敵の動きをほぼリアルタイムで確認出来る上、効果的な指示を即座に発せられるなど、他国が知ったら気がおかしくなるぞ」と呟いたのが印象的だった。

もちろん俺も、有用性はわかっていたつもりだったが、ここまで劇的な変化だとは想像しきれていなかった。

だが、カイルとアルファードは最初から気づいていたらしく、通信の魔導具を使った前提の作戦を構築していたのだから、二人の頭脳に感嘆するしかない。

欠点としては、通信の魔導具を持った人間が、現地にいなければならないことだ。これがあるから俺はここまで使えると思ってなかったのだが、ミズホの優秀なくのいちのおかげで、敵の動きが丸見えになったのである。

　さて、俺がカイルを改めて凄い奴だと実感しているのだ。当然、そばに立つ女騎士はそれ以上に感銘し、感涙していてとてもウザかったりする。

「帝国の動きを、ここまで読まれるとはさすがカイル様！」

「自領民には優しく、敵には厳しく。まさに統治者の鑑！」

「圧倒的な兵力差にもかかわらず、ほぼ損害なしとはまさに神のごとき采配！」

「まぁ、アルファードも良くやっているな」

「それでもやはりカイル様の決断があってこそ！」

　気持ちはわかるが、ペルシア。マイナの後ろで泣きながら「さすカイル！」を呪文みたいに繰り返すんじゃねぇよ！

　ペルシアは気づいていないようだが、さすがのマイナも時々振り返って眉をひそめてるんだぞ！

　双子の兄を褒めているからこそ、文句を言ってないだけだぞ、それ。気づいてやれよ。

　……まるで弟の成長を喜ぶようなペルシアの気持ちはわからんでもないが、さすがに少し黙ってくれないかな!?

　それにしても、城門前広場で実行された大規模な焼き討ちだが、結構残酷な光景だと思って、マイナに対して、映像共有を辞めようと思ったのだが、鼻息を荒くして、味方の活躍に興奮していた。

意外と逞しいのね、マイナ。

燃焼薬と風系の魔法を組み合わせることによって、火災旋風を擬似的に起こしたので、大半の一般兵は一瞬で消し炭と化した。

……長く苦しまなかったのだけは、わずかな救いであったろう。

しかし、あの骨すら燃え尽きる高温でも、平気で生き残る奴がいたのは驚きだ。

ドラゴンのファイアーブレス並みの熱量だぞ⁉

人類の枠を逸脱した奴ってのは、やはり何人かはいるんだなと、思い知らされた。

だが、それ以上に驚かされたのは、もちろんレイドックである。

エヴァやソラルたちの援護があったとはいえ、帝国の超人たちを軽く手玉に取ったんだから洒落にならん。

生き残りの全員が、色つきの紋章持ちだったんだぞ⁉

ほんと、剣聖になったレイドックの強さは常軌を逸してるな。

帝国の生き残りを、カミーユが手際良く縛り上げていく様子を、壁上にいるアルファードの視界を通して、カイルやヴァンなどの後方組が注視していた。

「これで、終わったのか？」

俺は無意識に呟いてしまう。

正面にいた、ジャビール先生が肩の力を抜いていく。

「砦の方でまだ少し小競り合いがあるようじゃが、大勢は決したのじゃ」

「最前線の砦を守り抜いた、ミズホ神国の武士たちに感謝ですね」

　するとペルシアも頷く。

「ああ。彼らの戦いぶりは尊敬に値するな。武力だけでなく、式神とかいう召喚術も見事だったし、忍者と呼ばれる情報収集部隊の活躍も感嘆する」

「そうだな」

　なかでも、くのいちの紋章を持つチヨメの活躍は特筆に値する。通信の魔導具を持つ彼女からもたらされた情報で、敵の動きが丸見えだったわけだからな。

　そういう意味では、ジタローが船上からもたらす情報も役に立ったのだが、それを言ったら調子に乗るのは間違いないので、胸に秘めておこう。うん、そうしよう。

　少し弛緩した空気が流れ始めたとき、カイルから連絡が来た。

「どうした、カイル？」

　尋ねると、通信の魔導具を通して、声だけが聞こえる。

『ゴールデンドーンに直接攻めてきた兵力は完全に沈黙しました。生き残りの方と、降伏した方々に話をするため、外に出ますね』

「え？　さすがに危ないだろ！」

「アルファードと聖騎士隊が一緒にいますし、外にはレイドックさんたちもいますから大丈夫ですよ」

たしかに場外の敵は全滅。生き残った数名もがんじがらめにはなってるが……。

俺はアルファードに音声をつなぐ。

「おいアルファード！　なんで止めないんだ⁉」

「もちろん止めたとも。だが、帝国の生き残りには、領主自らが話をしなければ、矛を収めることもできないだろうと」

「話なんてせずに、そのまま捕虜にすりゃいいだろ」

「その提案は蹴られた。話をした上で、捕虜にするのか決めると」

「気持ちはわかるけどさ……」

カイルとしては、兵士はあくまで国の方針に則っているだけと考えているのだろう。きっとそれを直接確認したいに違いない。

すでに敵も壊滅しているのだから、問題はないと思うのだが。

「城の部屋に連れてきたらどうだ？」

「国王陛下のおられる城内に入れたくないのが一つ。さらに話を聞いた上で相手の待遇を決めたいとおっしゃられてな」

なるほど。捕虜にするなら牢に直行だろうし、相手の出方次第では、ある程度立場を考えた部屋などに通すつもりか。

「カイルの言い分はわかった。念のため俺もいく」

「……そうだな、すでに過剰戦力なほどだが、一緒に来てくれ」

「わかった。任せろ」

さすがにこの状況で帝国がなにかをしでかすとは思わないが、念のための戦力は多い方がいいだろう。

「ジャビール先生。聞いての通り、俺はカイルのところに行きます。あとをお願いしますね」

「私一人で複数人の精神感応は魔力的に厳しいんじゃが……」

「俺と一緒に行動する分は、切っちゃって構いませんよ」

「それならなんとかなるのじゃ。いざという時はマナポーションをがぶ飲みなのじゃ。……一気に飲むとお腹がたぷたぷになるんじゃがの」

先生がすでに何本か空になったポーション瓶を睨む。

精神感応を使った通信の魔導具を使うには、魔力を大量に消費するため、俺と先生の二人で運用していたのだが、それでも定期的にマナポーションを摂取するしかなかったからな。

品質の高いポーションなので、中毒や副作用はないのだが、単純に水っ腹になって、量を飲めなくなってくる。

俺より身体が小さいのに、先生はすでに俺の倍くらい飲んでるので、空瓶を睨むのもわかるってもんだ。

「ペルシア。マイナを頼んだぞ」

「ああ、任せておけ」

ここで「私もカイル様の活躍を拝見したいとか言い出さなくて良かった」と内心ほっとしてい

たのだが。

「カイル様の横で凛々しいお姿を拝見したいところだが、そうするとマイナ様まで市壁の外に出ることになってしまうからな」

「間違っても外に来るなよ!?」

不安になるようなこと言い出すな！　このポンコツ騎士が！

俺は、一抹の不安を抱えつつも、城でカイルたちと合流してから、レイドックたちの待つ市壁外へと向かった。

もちろん。

なんの問題もないわけがなかったのであるが。

悪役は、最後に登場するよなって話

帝国軍の主力部隊を壊滅させ、一部の英雄クラスの生き残りも確保することに成功。

領主であるカイルが、彼らと話をするため、アルファードとその直属である聖騎士たちと一緒に市壁を出た。

もちろん俺も一緒である。

市壁の門をくぐると、辺り一面の地面が黒く焼け焦げていた。だが、風で飛ばされたからか、あまり臭いがしないことにほっとする。

俺たちがその場に行くと、すでにレイドックとカミーユだけでなく、ソラル、エヴァ、マリリンもそこにいて、帝国の生き残りを特別に頑丈なロープで縛り上げていた。

とりあえず俺が先頭に立つ。

「よお、レイドック。大活躍だな」

「まあな」

さらっと言い切るところが憎い。もげてしまえ！

俺は帝国兵に目をやる。全員が観念しているようで、やや仏頂面ではあるが、こちらに怒声を浴びせてくるようなこともない。

これならカイルと会わせても大丈夫だろうと、振り返りアルファードに頷くと、了解したとばかりに、後方で待機していたカイルを連れてくる。

カイルが彼らの前に立つと、ゼット・オーバールと名乗っていた大将が驚いたように眉を持ち上げた。

「初めまして、私は、カイル・ゴールデンドーン・フォン・エリクシルと申します。このエリクシル領の領主をさせていただいています」

「領主だと？　話には聞いていたが、ずいぶんと若いな」

「話に？」

「……」

しまったという風に、ゼットが押し黙る。どう考えてもカイルの母親（生みの親ではない）であるベラから聞いたのだろう。

ベラは生みの子供であるザイードが領主から外された恨みがあるからな。逆恨みではあるが。

もっともカイルとマイナの命まで狙っていたのだから、同情の余地もない。

「ベラ・ベイルロード……いえ、今はただのベラから聞いたのですね」

ゼットはしばし無言を貫いていたが、真っ直ぐに見つめるカイルの視線に耐えきれなくなったのか、ため息を吐く。

「今はバルターク公爵家に戻ったので、ベラ・バルターク様だ」

「帝国の実家に戻ったのですか。ベラがどういう経緯でベイルロード家を外されたのか、帝国には知らせてあるはずですが？」

「政治的な理由は私にはわからぬ。だが、バルターク公爵の立場なら、自分の娘が単身で家に戻り、王国とベイルロード家の悪行を切に訴えるのだ。その後、王国から正式な抗議が来たとて、簡単には受け入れられぬのだろう」

俺は少し驚く。

たしかにベラの悪行を目の前で見てきた俺たちには、どちらが悪いかなど考える余地もないが、ベラの父親からすれば、貴族の娘が身一つで戻ってきたのだ。簡単に王国の文句など信じられないだろう。

なんとなく、近くにいたエヴァに話しかける。

「立場が変わると、見方も変わるもんだな」

「そうですね。人は直接見たこと以外、なかなか信じられないでしょうし、親子の情もあるでしょう」

小さく頷いたあと、エヴァの目が急に据わる。

「ところでなんで私に話しかけるんですか」

たまたま近くにいたから。とは、なんとなく答えにくい。

リーファンがいてくれたら、きっとリーファンに話を振っていたのだろうが、彼女は今、生産ギルドでギルド総長とヒーヒー言いながら仕事をしているに違いないだろう。

「あー。その。エヴァは話しやすいし、物知りだからな」

「話しやすい？　そんなことを言われたのは初めてですが……」

「え？　そうか？　俺が知ってる女性の中でも、トップクラスに話しやすいと思うが」

これは本当だ。

俺が元魔術師というのもあるのだろうが、落ち着いた性格で声を掛けやすい。

「そ！　そんなことを言われても、う、嬉しくありませんから」

「そうかー。嬉しくなかったかー。それは悪かった」

どうやら話しやすいというのは、褒め言葉にならなかったらしい。

もしかして、単純に俺と話すのが嫌なのだろうか？

「わかった。これからは話を振るのは控えるよ」

「え⁉」

「ん？」

なぜか慌てた様子で、激しく首を横に振る。

「い、いえ。貴方は特別に、話しかけることを許してもいい気がしないでもないような……」

「ああ、うん。無理はしなくていいぞ？」

「別に、そういうわけではありません！」

俺はこの反応をどう捉えればいいんだろう？

悩んでいると、救世主が登場した。

「お姉は友達が少ないから、混乱してるだけ」

「カミーユ！」

「クラフトは気にせず、どんどん話して構わない」

突然現れたカミーユが、慌てるエヴァを無視して俺の肩を叩く。

「これからもお姉と仲良くやって欲しい。面白いし」

「あ、ああ。わかった。エヴァは尊敬出来る奴だからな」

最後の「面白い」という意味は良くわからなかったが、友達が減るのは悲しいからな。

「ぬぐう！」

顔を真っ赤にしてカミーユに怒っているエヴァのところへ、蒼髪の剣士が近づく。

「お前ら、もう少し緊張感を持てよ」

「レイドックしゃま！」

もちろん来たのはレイドックである。

俺たちの馬鹿話に呆れた様子だったが、俺はそこでこいつの様子がおかしいことに気づき、小声で話しかける。

「おい、妙にピリピリしてないか？」

「……戦場なんだから当然だろ？」

言いたいことはわかるが、すでに大勢は決している。なんでこいつはこんなに気を張っているんだ？

よく見ると、アルファードもかなり周囲を警戒しているようにも感じる。

レイドックが腰に手を当て、苦笑した。

「今はカイル様が尋問しているんだ。お前も少し静かにしてろ。エヴァも護衛任務を思い出せ」

「はい。……覚えていなさい、クラフト」

「ごめんなさい」

たしかに話しかけるタイミングが悪かったと反省。

なぜかカミーユが、俺とレイドックを交互に眺めて、口元を歪めていたが理由はわからなかった。

気持ちを入れ替え、改めてカイルたちの会話に注目する。

ちょうどカイルが、ゼットに大事なことを尋ねるところだった。

「どうして帝国はミズホ神国と、マウガリア王国に戦争を？」

「皇帝陛下の決定だからだ。私たちは……帝国軍人だからな。命令は絶対だ」

この国で言えば王様であるヴァンの決定に逆らえないようなもんか。軍人ならなおさらだな。

「……だが、本音を言えば、今回の城攻めは、本意ではなかった」

「どういう意味でしょう？」

「それは……」

ゼットは少し口ごもったあと、視線を地面に向ける。

「皇帝陛下の全権を委任された者がいるのだが、実際に全権を握っているのは……」

悔しげに歯を食いしばるゼット。

「その実権を持つというのはもしかして――」

カイルが言い終わらないタイミングで、レイドックを始め、アルファードたちが突然抜刀し身構えた。

慌てて周囲を見渡し、レイドックの視線を追うと、遥か水面の先から水しぶきを上げながら近づいて来る影。

その影は近づくとスピードを落とし、空中で止まる。

空から羽を震わせゆっくりと下りてきたのは、蜂の……スズメバチの化け物。

その異形とは裏腹に、妙に砕けた口調を放つ。

「——おいおい。これはいったいどういうことだよ？」

そして、その腕にはベラが抱きかかえられていた。

異形がベラを地面に下ろすと、彼女はまなじりを上げ、憎々しげに呟く。

「なぜ。ゴールデンドーンが、滅んでいないのですか？」

俺はこいつをぶん殴ろうと心から決意するのであった。

危険がわかっていても、勝負所があるよなって話

エリクシル領ゴールデンドーンの城にて、国王であるヴァインデック・ミッドライツ・フォン・マウガリーは小さく口元を歪めた。

彼の正面で戦況に応じた指示を書類に記している、カイルの兄のザイードがそれに気づき顔を上げる。

「陛下、なにか戦況に変化がありましたか？」

その言葉に、近くに立つ白髭がトレードマークの宮廷錬金術師筆頭バティスタ・フォン・ヘルモンドも興味深げにヴァンに視線を向ける。

この部屋にいるメンバーの中で、精神感応による通信を使い、現場の映像を確認出来るのが国王だけだからだ。

「いやなに。見事にエサに食いついたと思ってな」

「……来ましたか。自称魔族が」

ヴァンが体重を背もたれに預け、腕を組む。

「ああ。カイルが外に行くと言い出したときは慌てたが、その真意を聞いてしまってはな」

「自らが囮になれば、魔族と母上……いえ、ベラが姿を現すだろうと」

「あの様子を見ると、カイルがいかなくとも、ひょっこり出てきた可能性もあるがな」

「どうでしょう。遠目にカイルを確認したからこそ、目の前に出てきたのかもしれません」

「たしかにな。敵の真意なぞわからんが、魚が釣れたのは事実だ」

「そうですね」

ザイードは一度目を閉じてから、再び書類を片付けていく。敵の主力がいなくなったので、緊急性のある書類はそれで最後だ。

「ザイード。お前の心配は杞憂だったようだぞ？」

ザイードは一度落とした視線を、再びヴァンに戻す。

「私は……カイルに代わって敵を殲滅する作戦を提案するつもりでした」

「だが、あいつは言われるまでもなく、作戦を立案し、実行した」

「あれは、もっと甘い人間かと思っていました」

「俺たちが考えていた以上に、領主としての才能があったということだ。味方には優しく、敵には厳しい。理想だな」

ザイードは手を止め、天井を見上げる。

「もしかしたら、私がカイルにしてやれることなどないのかもしれません」

「いや。あいつにはまだまだ他の貴族相手の交渉は無理だ。お前が手を貸してやれ」

「……賜りました」

ヴァンがクツクツと笑い声を漏らす。

「安心しろ。誰もお前を不要だとは考えていない」

するとそれまで黙っていた宮廷錬金術師のバティスタが苦言を呈す。

「その通りじゃ。陛下に臆せず叱りつけられる人物は、ワシだけでは少なすぎるからのう」

「叱るなどと……」

「苦言でも提言でも言葉はなんでもかまわん」

ザイードは少し照れたように頬を掻く。

「貴様はこれからも自分の役目をこなせ。それにしても、カイルの領主としての才能は想像以上だったな」

「かもしれません」

「くっくっく。その才はオルトロスを超えるかもしれんな。嬉しい誤算だ」

「父上を超えると？」

「オルトロスの才能は我が王国に不可欠なものだ。人類圏の奪取という最優先の仕事を理解している貴族は、今まであいつくらいだったからな」

ザイードは口を紡ぎ、目を伏せる。

「父上が無謀とも思える辺境開拓を繰り返していたのは、左遷などではなかったのですね」

「お前が呪われていたとき、おそらくベラの誘導で、カイルを辺境に飛ばすよう進言したのだろう？」

「……は」

「落ち込むな。貴様は今のまま贖罪を続けていけばいい。それよりも、オルトロスがその意見を飲んだのは、それだけ辺境開拓に力を入れていたからだ」

「今なら納得できます」

「ああ。オルトロスは課せられた仕事を全うしてくれた。そして……」

ヴァンが腕を組み、再び口角を持ち上げた。

「今、それ以上の貴族が誕生した。俺はカイルに期待しているんだよ」

「私はそれを少しでも支えましょう」

ヴァンは満足げに頷くと、姿勢を正す。

「さて、そろそろ最終決戦だな」

ヴァンはそう呟くと、戦場の様子に集中するのであった。

◆　◆　◆

大橋と大門のあいだにある巨大な広場に役者が揃う。

カイルを筆頭にアルファードの聖騎士団。レイドックパーティー。それにおまけの俺。当然市壁上には弓兵や魔術師がずらっと並んでいる。

縛られた帝国兵は無視して、敵は二人だけだ。

スズメバチの亜人と、裏切り者のベラ。

蜂の化け物が、妙に軽い口調で肩をすくめた（たぶんだが）。

「帝国の兵士はどこいったんだよ？　まさか全部逃げ出したのか？」

その視線は縛られている帝国の大将ゼット・オーバールに向けられている。

「……全滅した」

「はあん？」

「全滅したと言っている！　跡形もなく！　炎の渦に消えていった！」

「おいおい、マジかよ。まさかそんな大魔術を使えるやつがいるとはな」

蜂野郎がエヴァに顔を向け、複眼に彼女の顔が無数に映る。

後ずさりするエヴァの前に、スッとレイドックが出る。

「おいおい、うちの大事なパーティーメンバーに色目を向けないでくれないかな？」

「レイドックしゃま！」

あれだ。エヴァはレイドックのこととなると、簡単に壊れるな。目をハートにするのは構わんが、ソラルが凄い形相で睨んでるぞ。

そんなやりとりを交わしても、周囲の緊張感はほぐれない。

「そんで？　あんたはいったいなんなんだ？」

「人間風情に答えてやる義理はねーな。ま、偉大なる魔族グロウティス様の配下ってことは教えてやろう」

やっぱりマジで魔族なのかこいつ。敵の言うことを鵜呑みにするのはあれだが、もはや間違いないだろう。遥か昔に滅んだはずなんだがな。

それにしても、グロウティス様の配下？　こんなのがまだいるのかよ！

情報を漏らすってことは、そういうことなんだろうな。

同じ結論に至ったのか、アルファードと聖騎士隊がカイルの防御をより固めた。

レイドックが軽い口調で聞く。

「そんで？　その魔族さんがなんで帝国と一緒にいるのかね？」

「あん？　そんなんどうでもいいだろ？　ま、利害が一致したってところだ」

「利害？　王国を攻めるのが、どう魔族の利害になるっていうんだよ」

ど直球な質問だが、魔族は煽り耐性がないのか、さらっと漏らしてくれた。

「ははは！　そんなの人間が苦しみ、大勢死ぬからに決まってんじゃねーか！　お前らの悲鳴が！　雄叫びが！　慟哭が！　懇願が！　魔族にとって最高の娯楽だからじゃねーか！　それ以外になにがあるってんだ!?」

絶句。

俺だけでなく、この場にいる全員が。通信の魔術で様子を見ている全てが絶句した。

「……なるほど。先人たちが魔族を必死になって滅ぼした理由がわかったよ」

「はっ！　滅んでなんてねーよ！　時間は掛かったが、これから再び魔族の時代がやってくるんだよ！　また人間どもの悲鳴が溢れる素晴らしき世界がな！」

ああ。こりゃあダメだ。

魔族が特殊な亜人的存在だったのなら、共存の道もあっただろうが、人とは相容れない生き物だわ、こいつら。

本能が理解する。こいつらは一匹たりとも残してはならないと。

「まったく……。人間に化けてまで情報を集めてやったってーのによ。帝国軍は情けねぇ」

そこに、アルファードが厳しい声を向ける。

「人に化ける……やはりそうだったのか。貴様、ルーカス・リンドブルムだな？」

え⁉　ルーカス⁉

ミズホで会った、帝国の冒険者で、女好きのあいつ⁉

「へぇ……良くわかったな？」

「気づくのが遅すぎたと反省しているが、貴様の言動からな」

「なら、少しばかり文句を言わせろよ。お前らに聞いた戦い方は、一つも役に立たなかったぜ？」

お前らに聞いた戦い方？

あ！　レイドックと一緒に話したあれか！

同じ答えにたどり着いたのか、レイドックが肩をすくめる。

「ああ。もしかして俺の言葉か。籠城戦とかな」

「そうそう。それだ。まさかあの時から俺の正体がわかってたなんて抜かさねーよな？」

「残念ながら違う。普通に答えただけだ。単純にミズホ神国とカイル様が上手だっただけさ」

「けっ！　やっぱりカイルとか言うガキのせいか！　ベラのお願いなんて聞かずに先に殺しておくべきだったぜ！」

よし。お前が死ね。

俺が内心で決意していると、突然上がるヒステリックな声。頭を掻きむしりながら叫んだのは、カイルの継母ベラである。

「話が違うではありませんか！　このゴールデンドーンを落とし、いずれ王国を崩壊させると！　カイルの治める地を焦土に化すと！」

蜂魔族のルーカスが面倒くさそうに昆虫の手を振る。

「まさか帝国兵がここまで弱いとは思ってなかったからな」

「なんですって⁉」

「キーキー騒ぐなよ。兵をやったのは、そこの魔術師と……まぁここにいるやつらだろ」

「どうしてそんなことがわかるのですか？」

「むかつく印を持つ奴らがそろってるからな」

ルーカスが見ているのは、おそらく俺たちの紋章だろう。

「昔の人間どもが、俺たちの力を盗んだ証拠さ」

どういう意味だ？

「そんなことはどうでもいいさ。俺としても予定を狂わされてむかついてる。俺がこいつらを皆殺しにすればいいだけの話だろ？」

「まあ、そうですね。……ああ、カイルだけは殺さずに。あの者には死よりも恐ろしい目に遭ってもらわなければ困りますから」

「はいはい」

やはり、最初からこちらを殺すつもりか。

そりゃあ、口も軽くなる。それにしても、帝国軍をほぼ壊滅させたのが俺たちと理解して、それでも可能だと考えているなら、こいつ、相当腕に自信があるわけだ。

「ずいぶんと簡単に俺たちを皆殺しとか言ってくれるな」

「はん！　泥棒の印を持った程度で、崇高なる魔族様に勝てるとでも思ってんのか⁉　おめでたいなレイドック！」

叫びと共に、ルーカスが地を蹴った。

「死んどけ！」

「お前がな！」

ルーカスのパンチを、レイドックがオリハルコンの剣で受け止め火花が散る。あの虫の腕はどんだけ硬いんだよ⁉

「レイドック！」

すぐさまソラルが矢を乱射し援護するが、なんと蜂野郎は長い尻から針を飛ばして全ての矢を打ち落とす。

「うそ⁉」

それだけではなく、針がそのままソラルに向かっていった。

俺は虹光障壁を貼ろうとしたが、それより先にマリリンが動く。

「〝神息聖界〟！」

ソラルやマリリンを中心とした後衛組の足下に、巨大な魔法陣が現れる。その外周に沿って、魔力の壁が出現し、ルーカスの針を跳ね返した。

その結界の中から、エヴァが腕を魔族に向ける。

「〝白凍刃閃烈斬〟！」

身長の倍くらいありそうな巨大な氷の刃が飛ぶ。

「ちっ！」

ルーカスが舌打ちして、レイドックから離れ、刃を躱した。

すげ。あの結界魔法、味方の攻撃は通すんかよ。

後衛だから目立たないが、マリリンもえらいことパワーアップしてたんだな。

再び蜂魔族ルーカスとレイドックたちが睨み合う。

俺は心底思った。ここにジタローがいなくて良かったと。あいつなら絶対にこう言ったはずだ。

「勝ったな」とね。

今は変なフラグはいらないんですよ！

仲間を信じれば、超えられない壁はないって話

蜂魔人であるルーカスと真っ向対峙するのがレイドックで、その後ろにカミーユが短剣を両手に構える。少し後方で、マリリンの作り出した結界の中にエヴァ、マリリン、ソラルの三人。そこからさらに後方で、カイルを中心にアルファードたちが円陣を組んでいる。彼らには市壁にいる冒険者たちから、防御魔法が飛んでおり、何重もの魔法の壁が守っていた。

さすがゴールデンドーンの冒険者だぜ。この距離で良く届くもんだ。

エヴァやマリリンの足下には及ばないが、さまざまなポーションと、過酷な環境で育った冒険者たちの実力は、他の地域の者と比較にならない。

俺はレイドックのフォローをするか、カイルの護衛に回るか一瞬悩んだが、頼もしいゴールデンドーンの仲間たちを見て、レイドックを手伝うことにした。

それだけ、この魔族って奴がやばい気がするのだ。

もっとも、レイドックたちに手助けが必要とも思わないが。

「へえ。やっぱ魔族ってのは、ずいぶんとお強いんだな」

「けっ！　てめぇこそ俺の一撃を受けるとはたいしたもんだぜ！　だがな、人間は俺の針にメッタ刺しにされながら、悲鳴を上げるもんなんだよ！」

「断る！」

レイドックと蜂魔族ルーカスが同時に動く。正直、打ち合ってる部分、腕から先は全く見えない。かろうじて、動きの少ない身体の動きを追える程度だ。

あのレイドックの顔から、余裕が消えている。

ドラムを連打するような間隔で聞こえる剣戟が、二人の激しい攻防を教えてくれていた。

「やべぇー、手が出せる攻防じゃねぇわ」

俺はベルトに装着した各種ポーションをいつでも投げられる体勢を取っていたが、正直いらない子だったかもしれない。

だが、レイドックのパーティーメンバーは違った。普段から一緒に戦っているのだから、連携などお手の物である。

「これは止められないわよ！　〝鳳凰爪烈破〟！」

ソラルから、弓で放たれたとは思えない強烈な威力の矢が放たれると、ルーカスが先ほどと同じように、尻尾のような尻を動かし、先端から針を飛ばす。

しかし、その極太の針はあっさりと矢に砕かれた。

「ちいっ！」

蜂野郎がレイドックの連撃を裁きながら、何発もの針を飛ばし、どうにかソラルの秘技を止める。

「そこっ！　〝業炎緋槍〟」

続けてエヴァが魔法で業火の槍を放つ。先ほどと属性を変えているあたり、敵の弱点も探っているのだろう。ソツがないぜ！

「この威力！　やはり過去の印持ちかよ！」

ルーカスは、背中に収まっていた羽を広げ、魔法の射線から飛び上がる。

「残念。本命はこっち。〝暗踊葬双〟」

レイドックの背後から飛び上がる十数人のカミーユ。

「なに⁉」

あれはミズホ神国で見た分身しながらの剣技！　これは躱せない！

「なめるな人間！」

叫んだルーカスが、その場でカミーユに背中を向けた。

「え？」

それが誰の驚きだったのか。俺だったのか複数だったのか。

カミーユに向けられた羽が、高速で振動し、飛びかかる複数のカミーユを全て吹き飛ばした。

「きゃっ！」

一瞬で切り傷だらけになって、地面を転がるカミーユ。俺はヒールポーションを投げようとしたが、それより早く、マリリンから回復呪文が飛ぶ。

すぐに血を拭って立ち上がるカミーユに傷は残っていないようだ。

あいつらが組んでから、強敵との戦いなんてほとんどなかっただろうに、攻撃だけでなく、守りの連携も完璧だな。さすがだぜ。

その後も激しい攻防が繰り返されるが、どんな連携も、最後には羽の防御で防がれてしまう。

「ウザいんだよ！　てめぇらは！」

「こっちのセリフだ！」

「この虫、むかつく」

魔族の罵声に、レイドックだけでなくカミーユまで悪態をつく。よほどストレスを溜めているらしい。

すぐ治るとはいえ、被害を負っているのはレイドックたちだけなのだ。焦る気持ちもわかる。

……あの羽を封じれば、あとはあいつらがなんとかするよな？

幸い、羽を防御に使っているので、飛んで逃げたり攻撃したりは出来ないらしい。

やってみるか。

俺は今まで得た知識を総動員して、必要な薬を思い浮かべる。

冒険で得た経験を、紋章から得た知識を、ジャビール先生から学んだことを総動員して、新たな錬金術を創成していった。

（いける！）

俺は少し離れた場所で、空間収納からいくつもの薬草や中間薬を取り出し、錬金術で一気に錬成していく。錬金釜はないが、必要なのは試験管一本分でいいから、魔力で強引に生成していった。

このとき、レイドックは俺の動きに気づいていたらしい。あの激しい戦闘の中よくもまぁと聞いたときは思ったが、とにかく、俺がなにかをしていると確信していたそうだ。

だからレイドックは、小さく仲間にサインを出した。

（クラフトがなんかやる、魔族野郎の動きを抑えるのを優先するぞ！）

（（了解！！！））

レイドックたちはそれまで魔族を打ち倒す連携をしていたが、そこから敵の動きを封じるような連携に変更したことで、ルーカスの動きが鈍っていく。

俺はそんなことには気づかなかったが、錬金を終え、顔を上げたとき、蜂魔族の動きがかろうじて目で追えることに安堵していた。

まるで示し合わせたかのように、レイドックが体を入れ替え、魔族が俺に背中を向ける。

「ここだ！　くらえ！　速乾硬化粘液！」

出来たばかりの錬金薬を試験管型ポーション瓶に入れ、魔族ルーカスに投げつけた。

俺の魔力で、敵にぶつかる瞬間、ポーション瓶は割れて消える。

「雑魚が邪魔をするなぁ！」

ルーカスが羽を振動させ、中身の飛び出た錬金薬を吹き飛ばそうとするが、それが狙いだ！

ぶわっと広がった錬金薬。トリモチと硬化岩を混合したそれは、蜂魔族の羽にべったりとくっつくと同時に、一瞬で固まったのだ。

「なんだと⁉」

ルーカスが驚愕すると同時に、レイドックパーティーが動く。

「今！　〝ユニコーン・ホーン〟！」

「お前、ウザすぎ。撃滅クナイ《ディストラクションストライク》」

「滅びるがいい！　〝深淵崩壊〟！」

ソラルが白いオーラを纏った矢を放つ。まるで巨大な角のようだ。

羽を封じられたルーカスが「ちぃ！」と舌打ちしながら、身をひねってそれを躱す。

あの威力は針で迎撃できないと判断したのだろう。俺もそう思う。

体勢が崩れたところに、カミーユの技が飛ぶ。分身した全てから、短剣のような物が投げつけられたが、その速度は常識を逸していた。

レイドックの止まない剣戟を片手で捌きながら、残った腕で、無数に飛んでくる短剣を弾いていく。だが、体勢が崩れていることもあり、何発か受け損ない、複眼の片方に傷をつけた。

おお！　初めて明確なダメージを与えた！　あの分身技は反則だろう！

そして、エヴァから漆黒の魔力弾が襲いかかる。

ルーカスが慌ててそれを腕で打ち落とそうとするが、なんとレイドックの剣を受け止めていた昆虫の腕が、ざらりと崩壊したのだ。

あの魔法、見た目よりやべぇ⁉

片腕と片眼を失った昆虫野郎にとどめを刺すのはもちろん。

「信じてたぜ、クラフト！　喰らえ！　〝紅蓮昇竜剣撃〟！」

レイドックの炎を纏った剛剣が、蜂魔族ルーカスの脇腹から逆の肩を、下から上に切り裂き、二つに分かれた身体が宙を舞った。

俺の正面に、ドサリと魔族の上半身が落ちる。

「おわぁ⁉」

「わりーわりー。落下点まで考える余裕がなかったぜ」

「い、いや。倒せたんならいいんだが……驚いたぜ」

死んだよな？

俺は枝を取り出して、昆虫顔をつついてみる。

「ぐ……」

「おぎゃっ⁉」

くぐもった声がルーカスから漏れて、俺は思わず尻餅をついた。すぐにレイドックたちが敵を囲う。

「に……人間などに……俺様が……魔族が負けるなんて……」

死ぬほど焦ったが、死にかけだったらしい。びびらせんなよ！

……。

これ、見ているヴァンに、あとで死ぬほどからかわれそうだな。

本当の終わりは、想像外からやってくるよなって話

地面に体液をまき散らしたまま、起き上がることの出来ない蜂魔族のルーカス。

魔族がどのくらいしぶといのかはわからないが、さすがにもう助からないだろう。そもそも真っ二つだしな。

「ルーカスさん。貴方には聞きたいことがたくさんあります」

アルファードたちに守られたカイルが、ゆっくりと前に出る。

「……そちらの貴女にもです」

カイルが向けた視線の先には、今まで放置していたベラがいた。そこにいるのは気づいていたが、特に脅威になるわけでもないので、魔族を優先していただけで忘れていたわけではない。むしろ、戦闘中はキーキーとうるさかったので、意図的に意識から外していただけである。

「お久しぶりですね、お母さ……いえ、ベラ」

「カイル！　貴方のせいで！　あなたのせいでぇ！」

半狂乱になるベラを、聖騎士隊が地面に押さえつけた。

髪はボサボサで、目が血走り、眉間に深いしわが寄っていて、醸し出していた妖艶さの欠片も残っていない。身につけている豪華な服装が泣いているな。

土だらけになった継母の顔を見て、一瞬視線を逸らすカイルだったが、すぐに真正面に捉え直

す。

「ベラ。貴女がこの戦争を仕組んだのですか？」

「そうよ！　あんたを！　裏切ったザイードを！　ついてこなかったレイラも全員！　全員地獄を見せねば！」

レイラってたしか、カイルの父ちゃん、ベイルロード辺境伯の長女だよな。母親はそこのベラ。レイラもカイルを疎んじていたような態度を取っていたが、それはベラが恐ろしくて従っていただけと言っていたのを思い出す。

黒薔薇姫とあだ名されるだけに、絶世の美人だった。

……腹黒姫じゃないからね？

そうか。ベラは王国を逃げ出すとき、レイラも連れて行こうとしたのか。従順だと思っていた娘に否定されて、逆恨みしてるわけだ。もっともカイルに対してもザイードに対しても逆恨みでしかないんだけどな。

そもそもカイルとマイナとザイードに呪いを掛けていたことは忘れてないぞ!?

……ああそうか。最初から従順だったから、レイラには呪いをかけなかったのか。

紋章も持たないベラがどうやって複雑な呪いを掛けたのか不明だったが、俺はルーカスをチラ見して、答えを知る。

どう考えてもこいつの協力があったってことだよな。

「貴女は、この国にいたときからそこの魔族と関係があったのですか？」

カイルも同じ結論らしく、直球で質問を投げていた。

「だったらなんだというのですか！　それよりもアルファード！　兵士にやめるよう命令なさい！」

突然話を振られたアルファードだったが、彼は冷たい視線を向けるだけである。

「ベラ。貴女はこの国では犯罪者だ。聖騎士隊として、貴女を捕らえる義務がある」

「私はベイルロード夫人ですよ!?」

「いいえ。すでに籍は外れています。それに今はバルターク姓と聞いていますが？」

「なら、なおさら帝国の貴族に礼を尽くすべきでしょう！」

「他国の地位など知りませんな。貴女はこの国では、ただの犯罪者だ。一般人のな」

「ぶ、無礼な！　カイル！　今すぐ拘束を解きなさい！」

カイルが辛そうに顔をしかめる。

「どうやら素直にお話しいただける雰囲気ではありませんね、しかたありません。アルファード。連行してください」

「はっ！」

どうやらカイルは、継母であるベラを犯罪者として扱い、牢へ連れて行く決心がついたらしい。

もし、ベラが少しでも反省していたり、素直に話してくれるようなら、同じ犯罪者でもある程度の待遇をしただろうに。

「離しなさい！　無礼者どもが！　私は！　私は帝国の公爵家の娘なのですよ！　王国は帝国の

属国になるべきなのですから、私は――！」

「アルファード！　その者の口を塞いでください！」

カイルが、胸をおさえながら叫んだ。

「はっ！　猿ぐつわをしろ！」

アルファードが即座に部下に命令し、ベラの口を塞ぐ。

俺はカイルの横に行き、その震える肩を軽く抱きしめる。

掛ける言葉が見つからない。どれだけの苦痛を感じているのか。

そのとき、雄叫びが上がった。

「があああああああああああ！」

体液をまき散らし、無理矢理顔を起こしたルーカスが残っていた腕でなにかを投げたのだ。

俺は咄嗟にカイルをかばいながら、防御魔法を繰り出す。

「〝虹光障壁〟！」

「〝虹光障壁〟！」

「〝天使双翼〟！」

「〝虹光障壁〟！」

「〝土隆盾〟！」

「〝虹光障壁〟！」

俺だけではなく、周辺からあらゆる防御魔法が飛んできて、俺たちを包むように何重もの防壁が取り囲んでくれた。

「俺としたことが！　〝轟撃襲斬〟！」

　レイドックが間髪入れずに蜂魔物を粉々に粉砕してとどめを刺している。こうなっては情報収集など言っていられないだろう。

　俺はカイルを守りながら固まっていたが、衝撃の一つもない。

「……？」

　不審がっていると、カミーユが叫んだ。

「違う！　カイル様じゃなく、ベラに針を投げてた！」

　彼女の叫びなんて初めてかもしれん。

「しまった！　口封じか！」

　全員の注目がベラに集まる。よく見ると、彼女の腕に小さな針が刺さっていた。

「あ……あが……うが……！」

　なにをするまもなかった。ベラは口から泡を吐いたと思ったら、そのままグシャリと地面に倒れたのである。

「……やられたぜ」

「痛恨だな」

「一応解毒するか？」

　俺が尋ねると、アルファードはベラの脈を取って、首を横に振る。

全てが一瞬の出来事だった。

油断していたわけではないが、魔族の生命力を少し甘く見ていたかもしれない。

「有用な情報源がなくなっちまったな」

俺がボソリと零すと、カイルがゆっくりと立ち上がる。

「まだ帝国の生き残りはいます。降伏した大勢の兵士も残っています。少なくとも帝国の意向なら少しは掴めるでしょう」

「そうだな。大橋に逃げて、降伏した帝国軍の中にも、事情通はいるだろうさ」

「はい。落ち込んでいる暇はありません」

なんだよ。俺が元気づけてやらなきゃいけない場面なのに、逆をやられてどうすんだ。

「呰で小競り合いしてる帝国兵も残ってるわけだからな」

「はい」

そこにレイドックがやってきて、膝をつく。

「すみません、カイル様。申し開きも出来ません」

「いいえ、あれは不可抗力でしょう。まさかあれほどの力を残しているとは思いもしませんでした」

「いにしえの伝承にしか出てこない、魔族を相手にしているのですから、もっと警戒してしかるべきでした」

「私としても、本当に魔族とは信じ切れていませんでしたから……」

「それは……」

そう。そこなのだ。

たしかに異形ではあったし、恐ろしく強かったが、それでも伝承に出てくる、極悪非道の生物であるという認識を持ちきれなかった。

心のどこかで、まだ魔族が生き残っていたなどと信じたくなかったからかもしれない。

「アルファード。聖騎士隊で魔族の遺体をジャビールさんのところへ運んでください。念のためレイドックさんたちと一緒に」

「はっ！」

「数名私に残してください。母上の……、ベラの遺体を城に運びます」

「……は。クラフト。一緒にいてやってくれ」

敬礼を返してから、アルファードが矢継ぎ早に指示を飛ばす。聖騎士隊が慌ただしく動き出し、レイドックたちと一緒に慎重に処理を始めた。

さすがに粉々にされたので、これからまた動き出したりはしないだろうが、先ほどの件が効いているのか、レイドックたちは油断なく死骸を警戒している。

残った聖騎士たちが、ベラの遺体を丁重に担架に乗せて運び出していく。

「待ってください」

カイルが聖騎士を呼び止め、遺体の横に立つ。

「せめてこれだけでも」

遺体に向けて、カイルは祈りの姿勢を取った。それを見て、俺と聖騎士も同じように祈りを捧げる。

教会の孤児院で育てられた俺は、形だけの祈りを散々させられてきたが、今までで一番真剣に祈った。

（あんたは悪党だったが……せめて安らかに眠ってくれ……）

目を閉じて、祈りの言葉を胸のうちで唱える。

「……え？」

カイルが小さな声を上げた。

なんだろうと、目を開ける前に、俺の身体に激しい衝撃が走る。

「なっ⁉」

なにが起きたのか全く判断できなかった。胸が熱い。

平衡感覚が狂って、地面がどこにあるかもわからない。身体中に痛みが走る。

かろうじて判別出来るのは周囲の声だけだ。

「カイル様！」

『グギャアアアアアア！』

「なにが起こった⁉」

「この化け物を止めろぉ！」

「カイル様を助け……ごぎゃっ⁉」

「カイル様！　カイル様！」

「クラフト！」

『ロギョラアアアアアアア‼』

「死んでもカイル様を守れ！」

「いやあああああああああ！」

「エヴァ！　落ち着け！　ちぃ！　フォローしろカミーユ！」

「了解！　絶対殺す！」

「クラフト！　なんで！　あんたが血だら――」

俺の意識はここで途切れ、闇へと落ちた。

それからどれだけ眠っていたかはわからない。しかし、どうやら生きていたらしく、ゆっくりと闇を抜けていく。

だが、目覚めなければ良かったと、生きていたことを後悔した。

意識を取り戻した俺は、その事実を知ったから。

カイルが亡くなったと。

本書に対するご意見、ご感想をお寄せください。

あて先

〒162-8540 東京都新宿区東五軒町3-28
双葉社　モンスター文庫編集部
「佐々木さざめき先生」係／「あれっくす先生」係
もしくは monster@futabasha.co.jp まで

冒険者《ぼうけんしゃ》をクビになったので、錬金術師《れんきんじゅつし》として出直《でなお》します！　～辺境開拓《へんきょうかいたく》？　よし、俺《おれ》に任《まか》せとけ！⑦

2023年5月1日　第1刷発行

著　者　佐々木《ささき》さざめき

発行者　島野浩二

発行所　株式会社双葉社
〒162-8540　東京都新宿区東五軒町3番28号
［電話］03-5261-4818（営業）　03-5261-4851（編集）
http://www.futabasha.co.jp/（双葉社の書籍・コミック・ムックが買えます）

印刷・製本所　三晃印刷株式会社

［電話］03-5261-4822（製作部）
ISBN 978-4-575-24626-1 C0093　

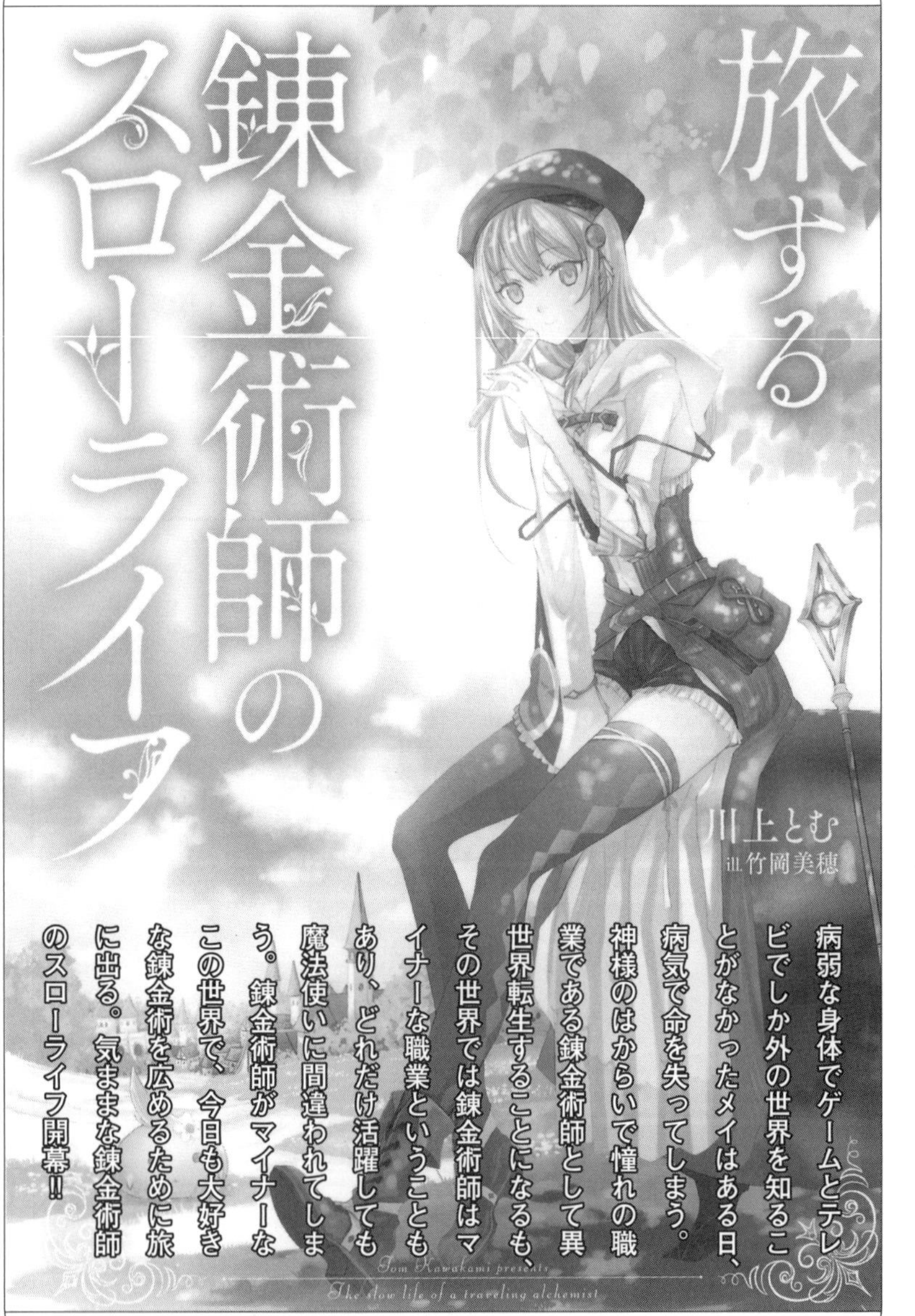
旅する錬金術師のスローライフ
川上とむ
ill.竹岡美穂
病弱な身体でゲームとテレビでしか外の世界を知ることがなかったメイはある日、病気で命を失ってしまう。神様のはからいで憧れの職業である錬金術師として異世界転生することになるも、その世界では錬金術師はマイナーな職業ということもあり、どれだけ活躍しても魔法使いに間違われてしまう。錬金術師がマイナーなこの世界で、今日も大好きな錬金術を広めるために旅に出る。気ままな錬金術師のスローライフ開幕!!
Tom Kawakami presents
The slow life of a traveling alchemist